ON N'EMPÊCHE PAS
UN PETIT CŒUR D'AIMER

CLAIRE CASTILLON

On n'empêche pas un petit cœur d'aimer

NOUVELLES

FAYARD

© Librairie Arthème Fayard, 2007.
ISBN : 978-2-253-12258-6 – 1re publication LGF

*Notre rencontre est un chemin à l'écart,
une pluie chaude, une ville, un inconnu toujours reporté
au-devant de nos pas. Parce que la rencontre n'existe que
lorsqu'elle demeure à venir.*

Bernard Desportes.

On n'empêche pas
un petit cœur d'aimer

Elle met des mots d'amour, quelquefois des douceurs, sous le bras d'un pull-over, dans l'épaule d'un gilet. Elle glisse dans les chaussettes des phrases et des tendresses qu'elle vole à des poètes ou dans des romans de gare.

Mais aujourd'hui, tant pis, elle s'est laissé prendre ; comme chaque fois, elle a craint de manquer de temps. Alors qu'elle aurait pu, en s'activant un peu, lui repasser sa chemise, avec la poche plissée. Elle sait qu'il l'aime beaucoup, il l'a rapportée de Nice. Elle apprécie toujours le souffle chaud de la vapeur. Et, quand la semelle avance, le long des boutonnières, elle songe à un chemin de fer. Si, par mégarde, elle lustre un morceau de tissu, elle pense à une catastrophe ferroviaire. C'est dommage, c'est raté. Elle est partie trop tôt. Elle se presse. Elle aime attendre son train, quand il fait route vers elle, et arriver avant que l'on affiche le numéro ou la lettre de la voie. Elle se poste sous le panneau, sa valise à la main, celle qu'elle va lui remettre, avant

d'attraper l'autre valise, dans l'autre main, conte-
nant son linge sale, ses chaussures fatiguées, et des
savons d'hôtel, du talc, des allumettes, des cadeaux,
des trésors qu'il rapporte pour elle.

Il y a des petites choses, dans la pochette du
fond, dit-il dans un sourire, l'embrassant pour filer,
vif, comme un papillon. Ainsi peut-elle prouver à
ceux qui la plaignent, qu'elle est aimée.

Il travaille tout le temps. Ils se voient sur les quais,
entre deux trains. Elle vient retrouver son homme,
échanger les valises, discrètement. Les gens doivent
se demander quelle substance interdite elles peuvent
bien contenir. Leur amour ? Leur amour infertile.
Un jour, il restera, plus longtemps. Il le dit. Elle le
croit. C'est lui, c'est son mari, son amant distingué,
parfois tête en l'air. C'est son amour, elle l'aime.
Qu'importe si, trop souvent, il ne prend pas la peine
de regagner la maison, qu'importe si maintenant,
surtout ces derniers mois, il court de ville en ville.
Quand il monte dans le train et qu'elle doit rentrer
seule, elle agite la main, puis s'éloigne, se remé-
morant le numéro de sa place. Voiture huit, place
trente-sept. Elle contracte trente-sept fois la main
qui tient le bagage et cligne huit fois des yeux.

Elle attend son coup de fil. Il donne l'heure de
son train, la gare, la provenance, ou bien la direc-
tion ; s'il fait erreur, c'est la panique. Il lui est arrivé
de transmettre un horaire, et elle, de se tromper,
ou bien lui, peu importe. On bout, on se rue, on
manque de se rater. Elle court derrière le train qui
a déjà démarré, les bras bien haut tendus pour

toucher le soleil et hisser le bagage, récolter un sourire. Puis son lot, éclaté. Le linge est déversé. La valise, abîmée. Elle cueille sur le quai, ou tombés sur la voie, des petits sachets de sucre, des cure-dents et du miel, ou bien de la confiture. Elle sait qu'il va appeler, hélas, la Delsey était la plus solide. Est-ce qu'elle a vraiment explosé ? Est-ce qu'elle va pouvoir la réparer ? Chez elle, elle entend rouler un bagage. Dès qu'elle pénètre dans le salon, la moquette épaisse atténue tous les sons, mais, quand elle traverse le couloir ou la chambre, un bruit de roue éclate entre chaque latte de bois. Alors, pour s'endormir, repliée sur un siège, la joue sur l'accou-doir, elle pense à son avenir, prochaine destination. En guise de dîner, elle grignote un sandwich, il a le goût de ceux qu'elle ne mange pas, mais que son mari lui dit trouver épouvantables.

Il n'a pas pu rentrer pour le jour de Noël. Elle a mis dans un linge, au fond d'une chaussure, un petit galet rapporté d'Étretat, il l'a emmenée là-bas quand ils se sont rencontrés. Il n'en a pas parlé, mais elle sait qu'il l'a vu.

Elle mesure sa chance, d'aimer si fort. Elle se dit que, dans le quartier, les femmes accompagnées, le soir ou le dimanche, ne prennent pas le même plai-sir à laver, à repasser. Quinze ans qu'ils ont dit oui, à la mairie, l'église, les chants et le souper, avec sa robe blanche, turban joliment noué, bientôt leur première nuit, c'était sa première fois. Ils auront des enfants, il ne faudrait plus traîner, dit la mère, dit le père, disent aussi les amis, que fais-tu donc ? Je l'attends. Il se tue à la tâche pour me garder au chaud. Il ne me demande rien, me dit de profiter, remplit le compte en banque, travaille et va rentrer. Un commentaire ?

Sur le quai, il arrive. D'abord, elle ne le voit pas. Enfin, elle fait semblant, comme d'habitude, parce qu'elle ne sait pas s'y prendre avec les premiers regards, elle ne sait pas comment traverser le brouillard. Son cœur bat la chamade, il s'approche d'elle, elle dit Oh, tu es là, moi aussi.

Ils échangent les valises. Elle aime quand sa main frôle la sienne brutalement, en s'accrochant à la poignée. Elle l'escorte jusqu'au quai, il trouve que c'est trop de peine, elle va se fatiguer. Elle porte la valise, au lieu de la faire rouler, pour avoir mal au bras quand ils se sépareront. Quelquefois, ils ont juste le temps de boire un café. Aujourd'hui, il en propose un dernier. Elle lui demande pourquoi dernier, il dit dernier avant la route. Alors, elle se sent rassurée. Il lui raconte Bruxelles. Là, il part pour Libourne, elle est contente, il aura très beau temps.

Elle ouvre la valise et trouve, roulée dedans, une robe à fleurs, comme on fait aujourd'hui, une robe très à la mode qui coûte une fortune, elle porte le nom d'une marque, elle connaît ce nom-là. Elle la déplie, la lisse, la contemple et l'enfile, c'est bien sa taille. Alors il s'est souvenu. 20 février, c'est demain. Dans la pochette du fond, il n'y a pas de sucre, pas de shampoing, ni de mouchoir. C'est

bizarre. Elle découvre seulement un test de gros-
sesse positif. Elle tombe de haut. Elle ne s'attendait
pas à un tel appel du pied. Elle se réjouit et conver-
tit chaque lettre du mot « enceinte » en chiffre,
récapitule ensuite la position des quais. Elle addi-
tionne, soustrait, se prête à un nouveau jeu, une
espèce de rébus, une sorte de lien entre eux.

Dans six jours, elle se tiendra sur le quai pour
Marseille. Elle doit penser utile, maillot, crème,
lunettes de soleil. Elle portera sa robe d'anniversaire. Voie C ; elle la trouverait les yeux fermés.

Il a téléphoné, a dû tout annuler. Il ne fera pas
escale. Elle remercie, pour la robe, et il demande
quelle robe. Ma robe d'anniversaire ! Mais quel
anniversaire ? Bon sang, le mien, voyons ! Ah oui,
le tien, mais oui, tu as raison, il est passé, pardon,
on le fêtera, ne t'en fais pas. Mais de quoi parles-tu,
de quelle robe ? dit le mari. De la robe roulée au
fond de la valise, tu vois, dis-moi que tu vois, dis-
moi que c'était pour moi. Tu as quelqu'un, c'est
ça.
   Je dois te laisser je file.
   Tu as quelqu'un.
   Devine.

Ça fait quelques années qu'elle l'attend sur le
quai. Elle a le bras qui pend, avec, au bout, plus
rien. On lui a pris sa valise, un soir où elle dormait,
la main pliée sous le sein, au lieu de la garder, serrée

sur la poignée. Quand elle s'est réveillée, elle a regardé son ventre, elle a tout de suite compris.

À la gare, on l'appelle Objet trouvé, et quand on vient pour la sortir, lui demander de ne pas gêner, on la prend toujours doucement par le bras, parce qu'elle dit Savez-vous que j'attends un petit enfant ?

Gratin

Nous n'allons pas nous contenter d'un légume vert avec le gigot, ce serait sec et ça ferait rat. Je te donne entièrement raison. Je ne céderai pas. J'exige un gratin dauphinois. Ces efforts pour économiser trois sous en disent long sur sa famille. D'ailleurs, ses parents convient plus de monde que les miens, alors je ne vois pas pourquoi les miens paieraient pour les amis des siens. Nous allons procéder à une règle de trois.

Ça me fait du bien, de me consacrer un peu de temps. Il m'a déçue, avec son vin d'honneur, il voulait qu'on se débrouille avec des cubes de comté et des morceaux de quiche. Tu vas me soutenir pour les cassolettes, je peux compter sur toi, n'est-ce pas ?

Depuis que j'ai accepté sa demande en mariage, il fait exprès de m'énerver. Enfin, sa demande, si on veut ! Il m'avait emmenée à Honfleur et j'attendais qu'il se lance. Rien ne venait. Je lui ai glissé que c'était bien gentil de m'offrir un week-end,

mais qu'il était grand temps de poser sa question.
Il a cherché quelle question. Il s'est décidé quand
je me suis mise à pleurer. Je ne vais pas faire le
coup des larmes chaque fois que je veux quelque
chose, tu n'es pas d'accord ? Dire que certaines
jeunes femmes ont la chance de rencontrer de vrais
princes charmants. Moi, je dois tout lui expliquer.
Des fleurs de temps à autre, un cadeau à l'occasion
de rien. Je commence à en avoir assez de réclamer.
Moi qui aspirais tant à être muse, je passe pour une
insatisfaite, et c'est de sa faute.

Sa mère n'a aucune allure et rechigne à mettre
un chapeau. Je suis désemparée. J'apprécierais
qu'elle se plie au règlement. J'espère au moins que
son père va s'habiller correctement. Samedi dernier, il nous a accompagnés pour signer un devis
chez le fleuriste, on aurait dit un pêcheur de cre-
vettes. Au moins, avec maman, nous avons ri. Je
suis bien gentille d'épouser leur fils. S'il était resté
avec son ancienne fiancée, il continuerait à porter
des costumes rouille et des cravates moirées. Grâce
à moi, il a beaucoup changé. Il est devenu distingué, courtois, je l'ai sorti de son monde. Alors, je
ne capitulerai pas : haricots verts, à condition de
bien les ordonner en fagots, et gratin dauphinois.
Les deux, c'est comme ça. On n'est pas des ploucs.
Il propose du lard, pour lier le fagot. Qu'est-ce
que tu en dis ? Pas gras, alors, sinon ça fait grosse
ripaille et je ne connais pas moins élégant que le
lard ; mais du lard maigre, peut-être, pourquoi pas,

c'est une idée. Oh ! J'allais oublier de te demander de supprimer l'ail du gratin ! Quelle horreur ! Ah non ! Je m'en fiche ! Tant pis si ça perd en goût ! Je ne veux rien entendre ! Tais-toi ! De l'ail ! Et pourquoi pas un accordéon et une jarretière ! Mets de l'échalote, j'ai horreur de l'ail. Bah !

En plus de la pièce montée, j'aimerais que nous proposions des petits-fours très simples, et des boules de sorbet pour accompagner le champagne. Qu'est-ce que tu en penses ? Arrête un peu, tiens-toi, tu es encore plus gourmand que ton menu ! Laisse mes seins, on discute, sois un peu sérieux. Laisse mes seins, mais ne prends pas mes fesses, tu parles d'un *gentleman serviteur* ! Ce mariage m'épuise, emmène-moi ailleurs, tu n'as pas une chambre ? Nous sommes obligés de rester sur la table en formica ? J'ai froid. C'est dur.

Sa mère ne jure que par les desserts compliqués. Elle trouve convivial de proposer de grands gâteaux plutôt que des mignardises. Ce côté province me dérange, surtout que mon fiancé se croit au-dessus de toutes ces questions. C'est un peu facile. Tu as vu comme monsieur a pris l'air détaché lorsque tu as proposé des truffines, des cerisettes et des sushis d'orange ? Il ne connaît que les carolines et les chouquettes, et il voudrait t'apprendre ton métier.

Heureusement, pour la bague, il a fini par accepter. J'aurais préféré le quitter plutôt que de porter, en l'état, le rubis démodé transmis par sa tante

Guénolé. J'aurais été triste, mais ça présageait trop mal de mon avenir. J'ai choisi une nouvelle monture, opté pour quelques pierres supplémentaires, et il n'a pas bronché en réglant. S'il avait tiqué, mes parents l'auraient secondé sans hésiter, ils ont conscience de ce qui se fait. Ce sont des gens biens. As-tu remarqué qu'ils n'ont rien chipoté sur tes devis, même pas le prix du vin ? Si sa mère pouvait se tenir un peu plus droite, perdre huit kilos et parler moins fort, ça m'arrangerait. Maman m'a promis de s'occuper du docteur de Mérouteau, durant la cérémonie, et de l'entourer de gens convenables. Au cabinet, je suis toujours impeccable. Même mon petit linge est repassé. Sous ma blouse, je tiens à être parfaite pour ouvrir la porte. Alors, le jour de mon mariage, je veux qu'elle garde cette excellente opinion de moi. Maman mettra un terme à toute forme de vulgarité, en chanson, ou en toast. J'ai demandé à mon père de ne pas faire de discours, pour couper l'herbe sous le pied de mon futur beau-père. Je me méfie de son humour, et lui-même pourrait finalement se révéler très gêné si personne ne réagit. Enfin, je parle de mes invités. Les siens, je suppose qu'ils sont rodés. Peut-être même qu'ils aiment ça. Eh bien, chacun ses goûts !

Je suis vraiment ennuyée pour cette affaire de chapeau. Mon fiancé devrait insister. On la verra moins, ce n'est pas plus mal, mais quand même, de quoi aura-t-il l'air, en entrant dans l'église, au bras d'une mère en cheveux ? Il dit que ça n'a aucune

importance. Je me demande ce qui en a pour lui.
C'est bien joli de s'occuper du voyage de noces,
mais il faudrait peut-être parvenir à se marier avant.
Surtout que, s'il m'emmène en Écosse, merci bien.
Il a parlé de châteaux hantés et de jolis sommiers
qui grincent. Zut. On est sous la pluie toute l'année,
j'ai bien droit à un peu de chaleur. Continue,
remonte dans le cou, j'adore.

Il dit que je suis tendue. Forcément ! Je suis fatiguée de penser à tout et de proposer les idées. Lui,
rien. Pire, il critique les intitulés que j'ai donnés aux
tables. Maman a la certitude que j'aurais fait un très
beau modèle, alors j'ai pensé à des noms de
tableaux. « Le rêve » pour les mariés, « Les tour-
nesols » pour les enfants, « La tempête » pour les
plus âgés. « Et pourquoi pas des noms de bataille ?
Ou des marques de voitures ? » Tu as vu l'imperti-
nence ? Bravo ! Monsieur a de l'esprit, lui ai-je
répondu. Puisque je ne fais pas le poids, propose
autre chose. Mets des noms d'épices, a-t-il bou-
gonné, un jour, tu deviendras peut-être bonne cuisinière. J'ai préféré passer outre sa méchanceté et le
féliciter. Cannelle, Paprika, Cumin… On comman-
dera un centre de table inspiré de chaque épice. Et
là, il a jugé opportun d'ajouter, Je plaisantais, c'est
nul comme idée. Lui-même !

Je suis furieuse. En plus, il ne soigne pas sa peau
et mange de la charcuterie. Alors que, moi, je fais
attention à ma ligne pour être jolie le jour J. J'ai

essayé deux salons de coiffure, mais finalement je recevrai quelqu'un à domicile, un coiffeur spécialisé en chignons qui m'accompagnera tout l'après-midi et qui coiffera ma famille. Oui, prends, allez, prends-moi. Mais fais attention, retire-toi, je suis féconde, on ne compte pas traîner pour avoir des enfants. Je serai maquillée par une professionnelle de renom. Et quand je pense que, lui, il aura des boutons sur le nez, ça me rend malade. Arrête avec cette gousse d'ail, tu es méchant.

Je ne sais même plus pourquoi je me marie. Tu écoutes ce que je dis ? Tu retires l'ail, hein, tu penses à mon gratin ? C'est dans douze jours ! Tu te rends compte ? Je te ferai des signes pendant que tes serveurs s'affaireront entre les tables. Ils seront combien ? Ne lésine pas sur le nombre. J'aimerais un peu de prestige. Arrête avec cette gousse d'ail, ça chatouille et ça pue ! Je suis quand même contente de t'avoir rencontré. C'est maman qui avait repéré ton nom sur un camion. Mais arrête, ça brûle ! Non, pas dedans ! Tu deviens fou ! Retire ça immédiatement ! Je vais le transpirer ! Ça se transpire, l'ail !

Remarque, continue, allez, fourre, tant pis, tant mieux, c'est toujours ça qui n'ira pas dans le gratin.

Salarié ou chef d'entreprise

— Prends un bain, d'accord, mais je t'en prie, dépêche-toi, je dois te parler. Tu sais, Suzanne, c'est compliqué pour moi en ce moment.

— Ne te fais pas de souci. On va trouver une solution.

— Je te laisse barboter, mais on se parle à travers la porte. Ça va ?

— Ne t'inquiète pas, Pierre.

— Le problème, si je reste salarié, c'est que je vais vite avoir passé l'âge de monter ma boîte.

— Mais, si tu te lances et que ça échoue, tu n'auras plus de travail...

— Oui, c'est ça. Je peux échouer.

— Tu as peur, c'est normal...

— Je me sens capable de créer mon entreprise, mais je ne peux pas le faire en continuant à travailler, c'est une question de temps, de manque de temps.

— Alors lance-toi, c'est peut-être le moment.

— Peut-être ?

— Tu es le seul à le savoir. Tu te sens prêt ?

— Je ne sais pas. Tu me sens prêt, toi ?

— Tu en as envie depuis longtemps. Tu rêves d'être ton propre chef…

— Mais j'ai aussi besoin de sécurité… Tu peux éteindre l'eau ? Je ne t'entends plus.

— Profite des week-ends pour affiner ton projet. Ça va te donner du travail, bien sûr, mais ce sera moins difficile de te lancer dans quelque chose de clair, de net, d'organisé.

— Ça, je ne sais pas.

— Si. Crois-moi. Je pense que ce sera plus aisé pour toi si tu cadres l'aventure. Si tu te sers de ton temps libre pour agir, ce sera déjà une belle avancée.

— Peut-être. Pourquoi dis-tu « aventure » ? Tu n'y crois pas ?

— Je sors de l'eau. On y va.

— Ah, enfin. Tu es sûre ?

— Oui, c'est le moment. Je m'habille et on part.

— Aventure, pardon, mais c'est un peu comme si tu disais « ton machin ». Merci pour les encouragements ! Qu'est-ce que je fais ? Je donne ma démission ? Je m'arrange pour qu'on me renvoie ?

— Ce n'est pas très honnête de se faire verser des indemnités.

— Tu as raison. Mais ça m'aiderait bien.

— Tu peux aussi être au-dessus de ça.

— Concrètement, c'est délicat.

— Tu le regretterais. Tu es un homme droit. Ce n'est pas une tare. Pousse-toi un tout petit peu, je dois m'habiller.

— Tu me connais bien, c'est agréable, c'est si compliqué.

— Oui, mais c'est possible. Tu as les clefs, Pierre ?

— Non.

— Je les prends. Appelle l'ascenseur. Tu es garé dans le coin ?

— Oui. Tu marches jusqu'à la voiture, d'accord ? Ça m'évitera de faire le tour. Avec tous ces sens interdits, c'est un peu pénible.

— Oui, je marche. Regarde comme la lumière est belle.

— Je dois me décider. Ça me rend dingue de ne pas savoir de quoi demain sera fait, ça me ronge, tu sais. Éclaire-moi.

— La lune est pleine, c'est amusant.

— En même temps, si je donne ma démission, je vais leur manquer, c'est sûr.

— Le petit café est déjà ouvert à cette heure...

— Tu veux un café ?

— Non, Pierre.

— Pourquoi tu en parles alors ? Tu crois que j'ai la tête à ça ! Rien ne m'empêche de partir avec un budget, d'ailleurs... Non. Ce ne serait pas loyal, c'est comme les indemnités, hein, Suzanne ?

— Si tu fais les choses, fais-les bien.

— Oui. Je commence par quoi ?

— Ouvre le coffre, s'il te plaît. Je voudrais poser ma valise.

— Pourquoi ? Ça ne va pas ?

— Si. Mais, à présent, on y va. Tu pilotes !

— Je n'aime pas ça, la nuit. Tu es sûre de ne pas pouvoir conduire ?

— Je pense que ce n'est pas raisonnable, Pierre.

— D'accord, mais alors on en parle pendant que je conduis.

— On en parle.

— Quand ton frère a monté sa boîte, il a réussi tout de suite ?

— Ça n'a rien à voir, c'était un magasin de sport, on ne peut pas comparer. Toi, tu es très au point dans ton domaine. Tu as toutes les capacités pour réussir, tu dois juste avoir confiance en toi, et t'entourer des bonnes personnes.

— C'est par où ?

— Tourne à gauche.

— Tu as raison, il va falloir que je me fasse épauler. Mais qui prendre ?

— Attends d'avoir commencé à y travailler. Là, tu sauras de qui et de quoi tu as exactement besoin. Pour le moment, ça reste abstrait.

— Tu penses que ton salaire va suffire le temps que j'y arrive ?

— On s'arrangera. Si tu es bien dans ta tête, ça marchera. Mais je ne peux pas le faire à ta place. Te lancer, tu dois te lancer.

— Quand même, c'est rassurant d'être salarié…

— Oui.

— Mais c'est minant de rester salarié.

— Aussi.

— Qu'est-ce que tu en penses ? Je continue ou je me lance ?

— Tu te lances.

— Ça me fait du bien d'en parler, Suzanne. Et tant pis si ça rate, je retrouverai un travail, c'est ça ?

— C'est bientôt, ralentis.

— Je retrouverai un travail, c'est ça ?

— Ralentis, je te dis.

— Pourquoi ? Je fais les choses trop vite ? Je vais me perdre ? Je me fourvoie ?

— Non. Je parlais de la route.

— Pourquoi tu veux que je m'arrête ? C'est là ?

— Oui, Pierre.

— Descends alors.

— Tu ne m'accompagnes pas ?

— Je vais me garer. Oh ! remarque, tant pis, je reste en double file, à cette heure-là, ça ne doit pas poser de problème.

— Prends la place des urgences, on a le droit, j'ai posé la question.

— Tu crois ? C'est un peu exagéré, non ? Je ne vais pas avoir une contravention ?

— Non, Pierre.

— D'accord. Comme ça, on peut continuer à parler... Pourquoi tu te plies, ça ne va pas ? Oh ! non, je t'en prie, tiens le coup !

— Ce n'est rien. Tu prends ma valise s'il te plaît ?

— Oh, Suzanne ! Je ne peux pas sonner, porter la valise, fermer la voiture...

— D'accord. Je prends la valise.

— Quel étage ?

— Moins un.

— Tu ne préviens personne, tu descends directement ? On entre comme dans un moulin ici !

— L'accueil n'est pas ouvert avant sept heures. Ils m'ont dit de procéder ainsi. J'utiliserai l'interphone du premier sous-sol pour annoncer notre présence.

— Notre ? Ça ne me dit pas ce que je choisis. Si je ne me décide pas, je vais devenir dingue, c'est assommant de rester dans l'incertitude. Je crois que c'est bien le pire de tout.

— Je n'en suis pas certaine.

— Ah bon ? Tu penses qu'il y a pire que ça ?

— Sans doute, oui. Il y a des choses plus graves dans la vie. Tu as beaucoup de chance d'avoir le choix.

— Oh, ça va ! Tu ne vas pas me faire la morale en plus !

— Je t'explique simplement que s'apitoyer sur son sort ne fait rien avancer. Je ne peux pas croire à ce projet à ta place. Je n'y connais rien en gestion de sacs à main.

— De portefeuilles ! Respecte un peu !

— Excuse-moi, c'était pour rire.

— Ce n'est pas très drôle, franchement, si tu crois que c'est le moment… Ça va durer longtemps ? C'est dur de réfléchir, avec toute cette agitation autour de nous.

— Profites-en pour te décider ! Tire à pile ou face !

— Ne te moque pas de moi.

— Attends, lève-toi, je ne peux pas m'allonger, et reste derrière moi. Prends une chaise si tu veux. Enlève ton manteau des étriers. Où est-ce que je pose mes pieds à ton avis ?

— Dis donc, tu ne vas pas t'énerver en plus ? Où je m'assois ?

— Derrière moi, viens là, prends ma main.

— Oh Suzanne ! Tu ne veux pas que je pousse à ta place aussi ? Concentre-toi… Souviens-toi de Valdec, tu sais, il était à notre mariage, il est venu avec sa fille, sans même nous prévenir, tu te rap-pelles ? Eh bien, lui, il a monté son affaire. En un rien de temps.

— C'était le bon moment.

— Oui, mais moi, comment je fais pour savoir si c'est le moment ?

— Je vous le dirai, monsieur, ne vous inquiétez pas, dit la sage-femme. Vous voulez couper, c'est ça ?

— Couper quoi ?

Une araignée au plafond

Il me faisait le bruit du vent à l'oreille. Il chassait les cafards, les mouches et les abeilles, il mouchait mon effroi, il soulageait ma peur. Je lui demandais de venir me chercher à l'école, il attendait en bas, dans la cour. On se promenait tous les deux, on aimait les églises, les chemins détournés, la campagne. Les jours où la maison était trop pleine, on se retrouvait en paix, cachés, loin de tous, n'importe où, à raconter des choses, vraies, fausses ou silencieuses, peu importait. J'avais cinq ans, dix ans, c'était lui qui comptait.

À quinze ans, je suis allée vers d'autres hommes, plus jeunes et différents. Des amants de toutes sortes, menteurs, doux, violents, passionnés, ennuyeux, avec eux, je me peaufinais ; je les ai vidés ou possédés. J'ai vécu cette vie-là, de fille qui se demande, choisit ou se laisse prendre. J'ai aimé au moins l'un d'entre eux.

Puis j'ai eu vingt-cinq ans, j'ai compris que c'était

lui. Il y a déjà cinq ans. Il a quitté sa femme. Tout
s'est fait proprement.

Sa femme me parlait de lui, ce grand salaud parti,
cet ignoble bonhomme qui avait fait d'elle une
vieille. Je le défendais. Elle s'entêtait, fébrile. On
l'a vu dans la rue, quelle honte, à son âge, au bras
d'une jeunette. Il la tient par la taille, par la main,
il l'embrasse.

C'était pendant l'été. Il se promenait. Je l'accom-
pagnais. On s'éloignait. Je préférais sa voix aux
bruits de la maison, des parents, des amis, ballon
dans le jardin, odeur des figues pochées, des prunes
en confiture ; je préférais la poussière des routes,
et le soleil, qui me plaquait à l'ombre de son ombre.
On marchait, longtemps, vite. On revenait tard. Et
tout le monde disait Tiens, les revoilà, ces deux-là !
Sa femme nous souriait. Ils sont beaux tous les
deux ! On le dit souvent des amants.

Il a longtemps lutté, méprisé mes assauts, refusé
mes regards, et ma main sous la table, mon pied
contre son pied. Un temps, il a refusé de me voir.
Je l'ai souvent fait rougir, obligé à regarder ses
chaussures pour éviter mes cuisses, et admirer sa
femme pour ne plus croiser mes yeux. Je lui mur-
murais des mots semblables à des plaintes, pour
recevoir ses réponses inaudibles, et le souffle parfumé qui les accompagnait. Je mêlais nos haleines
derrière ma petite paume, et ses doigts, tout-puis-
sants, venaient balayer ma main qui cachait nos

visages, comme pour mieux lui montrer, à elle, là, que nos bouches se tenaient tout près.

Quand je lui ai fait l'amour, il a gardé les yeux fermés. Dans la pièce d'à côté, on entendait hurler les enfants. Et sa femme, qui appelait. Où sont-ils, ces deux-là ? À table enfin ! Dînons, tant pis, ne les attendons pas !

Et on faisait l'amour, cette fois, les yeux ouverts, il me suppliait de jouir. Il me prenait sur lui, disait Je t'en supplie, je me glissais dessous et lui mordais le cou, lui léchais le visage, les cils et les paupières. Sa femme servait la soupe, et nous, on aboyait.

Le lendemain, un problème au bureau l'attendait. Il est parti. Ses vacances étaient finies. J'ai essayé de l'appeler. Laisse-le donc travailler, disait sa femme, soudain piquée, qu'as-tu de si passionnant, toujours, à lui raconter ?

Un soir, il a demandé à me parler. On ne devait plus penser à ce qui s'était passé. Dramatique, impossible, une folie, une méprise, un dégoût, tous ces mots à la suite. Il disait Je m'en veux, et moi Oh non, tais-toi, c'est moi qui ai voulu ça.

Ma seule crainte, pendant toutes ces années, c'était qu'il se tue, soudain, au coin d'une rue, de sa fenêtre. J'ai accepté d'attendre. Dans la maison de vacances, désormais, il collait sa femme du lever au coucher. Je le regardais faire, elle s'inquiétait. Va te promener, disait-elle, ne reste pas dans mes

jambes, on dirait un vieux chien, allez, va me cueil-
lir des fruits !

Il partait au pas de course. Je restais là, ne voulant pas heurter ce qui en lui mûrissait. Il se retour-
nait, fiévreux, croyait que je le suivais. J'étais à la
fenêtre, je retirais mes habits et, nue, je le laissais
lever les yeux vers moi. J'imaginais une mûre posée
entre ses lèvres, elle noircissait ses dents. J'allais
dans son linge sale et j'y mettais le nez. Et je riais,
toute seule, imaginant sa femme, choquée, me sur-
prenant.

Un soir, sa femme a dit Pourra-t-on le voir, enfin,
ce garçon que tu nous caches ? Tu le gardes au
secret, on ne va pas te le voler ! On te fait honte ?
Comprends notre curiosité ! J'ai vu mon homme
faiblir. Il est sorti de table. Il a quitté sa femme.
Mais je n'ai rien demandé.

Il a vécu tout seul, loin d'elle et loin de moi. Elle
cherchait partout des nouvelles, mais, moi, je n'en
avais pas ; jusqu'au jour où, les clefs d'une maison
à la main, il m'a dit Viens.

Depuis, je vis avec lui. Il est mon fiancé. Sa
femme vient parfois déjeuner, pendant qu'il va travailler. Elle me demande si quelqu'un habite là,
avec moi, alors je ne réponds pas. Elle vieillit, c'est
dommage. Vivre sans son homme l'épuise. Elle me
parle de la jeunette, la jeunette de ton père, comme

elle dit, elle maudit. On l'a encore vu, dans la rue, quelle honte, à son âge, au bras de cette gamine !

Ça la reprend, elle ne parle que de lui.

Elle te ressemble d'ailleurs ! T'a-t-il dit quelque chose ? Vont-ils faire un enfant ? Dis-le-moi à la fin !

On aimerait bien, maman.

Tolérance mille

Mon mari est idiot. Je vis sa bêtise comme une injure et chaque sortie comme une épreuve. Au théâtre, il se réjouit de ne pas être placé derrière une tête à chapeau, et au restaurant, à côté d'un fumeur. À l'opéra, il se demande si le chef d'orchestre transpire. En même temps, il se muscle, dis-je pour étoffer sa pensée. S'il regarde un débat à la télévision, il lui arrive de s'esclaffer, et quand je lui demande pourquoi, il me répond Tu as vu ses cheveux ! On dirait un balai-brosse ! Je ris à mon tour. Ça m'évite de penser.

Il assène ses idioties et je les avale. Je devrais le secouer, le détourner de ses niaiseries, mais, invariablement, j'y souscris. C'est plus fort que moi. Trois cent quatre-vingts pas jusqu'au boulevard ? Ah ! J'aurais dit moins. Une amplitude thermique de trente et un degrés en trois mois ? Et quatre-vingt-onze marches dans la station de métro, contre les quatre-vingt-dix annoncées en bas de l'escalier ? Enamourée, épatée, comme s'il venait de découvrir l'électricité, je fais semblant de m'intéresser. J'en viens même à lui poser des colles. Combien de pounds dans un décalitre, et en pieds, combien ça ferait ? Nous sommes bien avancés.

— On peut l'emporter partout, sa peau la protège, la pomme est donc un fruit parfait, m'explique-t-il en hochant la tête, comme pour s'approuver lui-même.

— La banane est encore plus exemplaire ! dis-je alors, pleine d'entrain. Sa peau est plus épaisse et ne nécessite pas de couteau pour la peler !

Je deviens complice. Mon mari sourit, interloqué, content, il n'y avait pas pensé.

— Il y a aussi le litchi, facile à décortiquer. Mais, si on veut le glisser dans un sac, il n'est pas bien pratique et s'abîme facilement.

Parfois, je me demande s'il n'a pas eu un accident, dont je n'aurais pas été informée. Il a peut-être heurté un poteau électrique, reçu une décharge, et personne n'en a rien su. Et lui ne s'en souvient pas. Dans le secret le plus parfait, il est devenu stupide. Les jours où ça vole vraiment bas, je lui demande s'il est sûr que ça va, et il répond *çavate*. J'ai essayé de lui donner des vitamines, j'espérais lui doper un peu le système, mais il rechigne à les prendre. Du coup, je les gobe, je souhaite me maintenir. Ce n'est pas simple de voler haut à côté d'un homme qui s'extasie devant les packs de deux yaourts, bien plus économiques que les packs de vingt-quatre quand on en mange peu. J'essaye de l'intéresser à quelque chose, à la musique, mais le classique l'endort et il se plaint du lyrique qui le rend morose.

Il est fort en logique. Tout ce qui s'emboîte, s'assemble, ça, il faut reconnaître qu'il maîtrise. Un talent qui nous a bien aidés pour monter les meubles, mais, maintenant que nous sommes installés, qu'en faire ? J'ai pensé aux maquettes, hélas nous manquons de place. Les puzzles risquent de m'en mettre partout, et déjà que je m'abaisse pas mal, j'aimerais bien, en plus, ne pas avoir à me plier pour ramasser ce qu'il éparpillera. Quant aux Légo, par chance, nous n'avons pas eu d'enfants. J'ai bien assez avec les bons mots de mon mari pour ne pas m'imposer une descendance.

Il y a peu de temps, exactement comme il l'aurait fait, je me suis réjouie de l'invention des lingettes nettoyantes. J'ai cru tourner folle, me sentant injustement contaminée. Il a embrayé sur le produit pour récurer la salle de bains. Torchette à la main, sans rien noter de mon trouble, il a poursuivi sur la formule du Récurex.

— Regarde, ça forme un film sur la paroi du lavabo.

— Rince !

— Non, je n'y arrive pas. Ça reste. Ça colle.

— Insiste !

— Je vais rayer l'émail ! Il est terne ! Ce ne sera plus jamais comme avant ! Le nouveau Récurex ne possède aucune des propriétés de l'ancien !

— Ah oui ? Tu veux dire qu'il n'a rien à voir ?

— Tu m'écoutes ou pas ? Ils ont modifié la composition !

Je décide d'avancer. Rester ou le quitter ? Le changer ou m'habituer ? Tout choix nécessite des forces. Et comme je ne suis pas du genre à me contenter d'attendre, comme je suis une personne responsable, et pleine d'allant, je décide de consulter un conseiller en développement personnel. L'aimez-vous encore ? me demande le praticien. Je ne sais pas, oui, un peu, mais j'ai peur, à son contact, de devenir idiote, lui dis-je. C'est votre affaire ! me répond le soignant. Aimez-le, aimez-vous, aimez le monde, qui vous le rendra. D'ailleurs, appelez-moi Kim, c'est mon premier don.

Certaines rencontres bouleversent la vie. Je dois mon salut à Kim. Je me suis inscrite à son stage de trois jours intitulé « Tolérance mille », puis j'ai enchaîné avec « Poids du oui » et « Extase-gouffre ». Je décide de m'y prendre autrement. Chaque session fait de moi une autre femme. On ne peut pas nier que consulter est une bonne chose. Je découvre l'ouverture, l'espoir dans l'oxygénation, l'enveloppe du contenu, le pouvoir du non, le lichen dorsal, et surtout l'ivresse du peut-être. En ce moment, je suis les cours du soir : « L'amour de l'autre, plaisir de soi », et, grâce à l'initiation aux thérapies orientales proposée par la femme de Kim, je passe des paliers. Mon mari est une personne, et je ne lui suis pas supérieure. La connaissance me pèse, cependant, un jour, je ne serai plus qu'une âme. Qu'importent les mots, qu'importent les pensées, ce qui compte, c'est d'aimer. Je me vantais de ma supériorité, mais, aujourd'hui, je sais que je ne suis qu'un souffle.

Pour son anniversaire, j'ai offert à mon mari un bon-cadeau, à utiliser dans un grand magasin. Et là, j'ai vraiment été récompensée. Il s'est acheté un livre, et quand j'ai constaté qu'il le lisait, j'ai compris que, durant des années, j'avais commis une erreur de méthode. À trop attendre de lui, je l'avais mal accompagné. Il était temps de l'aider à trouver la voie, en le laissant s'acheminer sur le chemin de sa vérité. Et je dois reconnaître que la collection Chair de Poule, pour les neuf-quatorze, est très bien faite. On dit d'ailleurs qu'elle mène à la lecture beaucoup d'enfants récalcitrants. En effet, *La Montagne hantée* nous a enfin permis d'échanger. À peine le livre refermé, mon mari m'a demandé, déconfit, pourquoi il s'appelait ainsi. Le titre est éloigné du contenu, et aucun des personnages n'évoque de près ou de loin un fantôme. Il a parfaitement raison ! J'aime bien quand il s'intéresse, je suis si contente qu'il se pose enfin des questions. Ensemble, nous avons décidé d'écrire à l'éditeur afin d'obtenir quelques éclaircissements. J'ai pour ma part eu beaucoup de difficultés à appréhender *L'Elfe bleu et le Chinois en paille*, et j'aimerais savoir si ces deux personnages ont réellement existé. Si c'est le cas, puisqu'ils sont rois, je me demande à quelle dynastie ils appartiennent. En tout cas, c'étaient des gens extraordinaires.

La grande plaine

Ce matin, j'ai voulu, avant Bach, avant la messe, écouter une musique légère, un rythme coloré, pas trop fort, mais ça n'a pas marché. Il a changé de disque. Il est assis, lourd, la nuque en arrière ; la bouche ouverte en o, il fait des ronds de fumée. Les jambes croisées, il regarde le plafond et je ne lui demanderai pas ce qu'il voit. Je choisis une robe claire, je chante dans le couloir, lui raconte des histoires, je lui pose des questions, va-t-il pleuvoir ?

Je sais qu'il ne s'intéresse plus à ce qui se passe, ici, ou ici-bas. Demain, ce serait bien, si on ne se couchait pas tard, d'essayer de se lever tôt, et d'aller choisir une armoire. Sa bouche retient les mots, il pousse avec le ventre, pour approuver, sans bruit. Je peux baisser la musique ? Il a bougé un doigt. Je finis de m'habiller, et j'attends quelque chose en me présentant à lui, un sourire, un accord, il transpire, il étouffe, il prend froid dans son jus, il a peur, de quoi, il inspire, il se lève, on y va.

Il faudra s'arrêter en chemin pour acheter des fleurs, as-tu pensé au vin, ou sinon au gâteau ? Il hoche la tête, encore, sans plus trouver la force de me dire oui ou non. À tâtons, il appuie sur le bouton de la radio. Il monte le son de la musique et de mon cœur.

Il va falloir rouler jusqu'à ce déjeuner. Cent kilomètres de sueur et il ne fait pas chaud. Parfois, il ouvre la fenêtre en grand, et la remonte aussitôt, il a froid. Ma main sur sa cuisse, je pose ma tête sur son épaule, je sais qu'il ne faut pas lui demander ce qu'il a ; comme si de rien n'était, je vais lui raconter ce que j'ai imaginé pour nos prochaines vacances. J'ai pensé à la Grèce, je trouverai un endroit, pour lui, avec une jolie vue, un port, et la mer à nos pieds. Sinon, pourquoi pas la montagne. Mais j'ai peur qu'il ait froid.

Je ne suis pas malade, répond-il tout bas.

J'ai songé à partager une maison, mais les gens vont le déranger. Je sais qu'avant midi il n'aime pas bavarder, il peut même s'enfermer après le déjeuner et attendre le soir, debout, devant la fenêtre, ou couché sur le ventre, les bras en croix. Quand la nuit tombe, il sort marcher. Quelquefois, il se perd, dehors ou sur un banc, peu importe, mais ses yeux traversent les grandes plaines, il reste sur le quai, sur le bord, il prend le vent. Il a le cœur malade, son âme est abîmée, mais, lui, dit que ça va. Durant le déjeuner, les amis vont tenter de le secouer, allez, viens donc te promener, ça va, comment ça va ? Ça ne va pas, c'est comme ça. Au début, j'ai cru que ça passerait, j'ai tenu les voiles et soufflé le vent, il suffisait de l'aimer, mais ça fait des années, et ça ne cessera jamais, la boue est montée. Il lui arrive, quand même, le temps d'une respiration, de lâcher un merci. Alors, c'est moi que les amis décident de soutenir. Il va mieux, il va bien, tu ne trouves pas, et toi, tu tiens ? Je leur réponds d'un bruit, de ventre, de gorge, d'affamée.

À la station-service, il descend faire le plein. Il attend un instant, avant de se lancer, enfant pâle qui peine à avancer. Je détourne la tête, comme s'il venait de me gifler. Je ne peux plus voir son corps tourmenté par la peur, et quand il me touche, quand on se tient tout près, je sens que rien ne peut le détacher de lui-même. Parfois, je me demande si ce n'est pas ma présence, trop douce mais exigeante, qui l'oblige à se taire.

Il s'énerve, tape du pied, ne voudrait pas que, devant lui, l'homme plaisante, au lieu de se dépêcher de payer. Alors il choisit un paquet de gâteaux sur le comptoir, le repose, le reprend, en trouve un autre, plus loin, ou plus rempli, peut-être, il l'ouvre, il commence à manger en attendant que les hommes aient fini de s'amuser. Il fait tomber de la monnaie, se penche pour la ramasser, et alpague violemment l'homme venu l'aider. Il baisse encore la tête, et puis revient vers moi, son paquet de gâteaux serré contre lui comme un goûter, sa chemise mal arrangée, ses sourcils froncés et sa bouche contractée, regardant la voiture, sans jamais s'attarder sur le siège passager. Il claque la portière, sursaute à cause du bruit ; s'il fait tomber la clef, il la cherche à tâtons, s'énerve, s'impatiente, il la cherche dans le noir, sous son siège, derrière les pédales, et si je viens à son secours, il dit Non, comme s'il craignait que je touche à une pièce détachée. Il soupire et démarre. Je lui demande si ça va, pour qu'il ne réponde pas. En ma tête, je signe l'aveu que je veux faire là.

Tu sais, je vais te quitter, lui dis-je sans le regarder. Il me sourit. Je ne le vois pas, je le sais. Les larmes lui montent aux yeux, énormes et suspendues, comme ce matin les ronds au plafond.

Haut vol !

— Pourquoi lisez-vous ce livre ? Vous suivez une analyse ? Moi, j'ai arrêté le jour où j'ai compris que je cuisinais à des fins sexuelles et faisais l'amour pour des raisons morbides.

La collation du soir nous avait été servie. Dans une heure, les stores de l'avion descendraient. Je serais dans la pénombre, à côté de cette femme, qui portait des bas et jamais de culotte, elle venait de me le dire.

— J'ai grandi à Houilles, vous connaissez ? Un nom extra, n'est-ce pas ? Remarquez, si je vous raconte le nombre de fois où j'ai dit aïe, ça vous fera moins rire. La maison de mon enfance était pavée d'embûches, je tombais, je me cognais, je me coupais presque quotidiennement. Imaginez-vous ce que ça fait, une coupure par jour ? Imaginez-vous mon corps de jeune fille ?

Un peu, oui.

— Mes doigts pansés ne m'empêchaient pas de faire des gâteaux. J'aspirais à susciter des érections, sans savoir exactement à quoi ça ressemblait. Jouis-

sif, disait mon père quand ma mère pelait des
oignons. Il se collait contre son dos et l'embrassait
dans le cou. Mais ce n'est pas tout. Mon frère, plus
précisément le pénis de mon frère, m'a longtemps
obsédée. Pas vous ? Vous n'avez pas d'obsession ?
Une hantise particulière ? Une prédilection pour
un trou ? Qu'importe. Le pénis de mon frère est
énorme. Il est imbattable. Et je ne vous parle pas
de taille, vous me suivez ? Je vous parle de la place
qu'il prend dans ma tête. On est bien d'accord ?
Vous voulez mon fromage ? Je ne l'ai pas touché.
Je ne vais pas le manger. Le pénis de mon frère
m'a empêchée d'aimer. J'ai même dû cesser de faire
l'amour. Je ne souhaitais plus me donner. Son pénis
m'a, en quelque sorte, fermée. Longtemps, j'ai fait
l'amour en pensant à mon frère, mais, aujourd'hui,
c'est terminé. Je pense à moi. À la poubelle, ce
souvenir de lui dans son maillot kaki ! Oui, kaki.
Vous pouvez en déduire Ah bon ? Kaki ? donc
militaire. Eh bien je m'en fiche ! Vous entendez ?
Je m'en fiche ! Elles sont agaçantes, ces hôtesses,
elles ne peuvent pas arrêter de passer à la fin ? Vous
la sentez, celle-là, avec son parfum de fleur ? Quel
toupet !

— Oui, c'est un peu fort.

— Fort ? Mon frère jouait toujours avec une
pelle et un seau, et sortait soudain son pénis pour
fabriquer un lac. Il disait, comme ça, en le montrant
à qui ne détournait pas les yeux – et je peux vous
dire qu'ils sont nombreux, les badauds, quand un
enfant se met à nu –, eh bien, il disait Totor veut

faire un lac dans le château. Avec du sable, il construisait un monticule, puis l'arrosait de son urine en applaudissant. Le perçait, devrais-je dire. Vous auriez vu la force du jet. Quand on voit ça, une seule fois dans sa vie, on ne doute plus du pouvoir de l'homme. On comprend tout. La guerre de Cent Ans, la fin du monde, la peine de mort, la gale, les feux de forêt. Il adorait l'été, il était heureux à la mer. Maman lui remettait souvent le petit chapeau qui tombait de sa tête. Elle le protégeait du soleil.

— Elle aurait dû le laisser brûler, si je comprends bien.

— Exactement !

— Il n'était pas militaire en fait ?

— Non. Vous suivez ce que je dis ?

— Oui.

— Totor était enfant, mais je voyais son chiffon.

— Son ?

— J'emploie d'autres mots pour ne pas penser à la chose, je m'en défais. Pour cesser de dire pénis, je dis chiffon ou tétête. Comme tête, je sais. Ce n'est pas la peine de vous y mettre, je ne vous ai pas attendu, vous êtes agaçant à la fin ! Et tellement prévisible ! On ne vous l'a jamais dit ?

Dommage. Ce pénis allant et venant entre ses lèvres me bouleversait. J'allais faire avec tétête.

— Aujourd'hui, quand je choisis un homme pour m'envoyer en l'air, eh bien j'arrive à penser à autre chose qu'à la tétête de mon frère !

— À son chiffon, par exemple ?

— Ne plaisantez pas ! Je pense à moi, et au plaisir à tirer de l'homme. Vous descendez à l'hôtel ?

— Oui.

Pourquoi soudain se tait-elle ?

— J'ai été mariée trois fois. Avez-vous des enfants ? Moi, j'ai une fille, née de mon deuxième mariage, non consommé d'ailleurs.

— Ah ! ça, ce n'est pas logique.

— Je l'ai consommé ailleurs. La pauvre s'habille comme une traînée, mais elle ne parvient à garder aucun homme. C'est bizarre. On n'a jamais tellement parlé chiffon, mais j'ai l'impression qu'elle a trouvé toute seule comment ça s'essorait. Oh ! pardon. Mais pourquoi m'excuser ? Après tout, c'est drôle, une femme comme moi, avec son franc-parler. Aucun tabou. J'y tiens !

J'y vais maintenant. Je lui applique ma main sur la cuisse, comme un pansement. Je propose qu'on se retrouve à l'hôtel. Peut-être dans un bar, d'abord, pour commencer.

— J'appelais ma fille Deb, je le regrette. Pour moi, c'était le diminutif de Déborah, mais pas pour les autres. Alors elle m'en veut. Les gens sont débiles. Du coup, ça la déstabilise, elle a si peu confiance en elle. Mais qu'y faire… Je me demande, parfois, comment j'ai pu échouer à ce point.

Si j'en avais une, je lui donnerais ma carte de visite. Avec le nom d'un hôtel, inscrit derrière, ou d'un bar.

— Vous avez des enfants ? Vous me l'avez dit ? Je ne sais plus… Pour ma part, je suis ravie de n'en

avoir eu qu'une. Cette histoire de pénis a considérablement occupé ma vie, j'aurais manqué de temps
avec d'autres enfants. Je l'aime bien, ma fille. Ce
n'est pas parce qu'elle me déçoit que je ne l'aime
pas. Heureusement, car elle n'a personne d'autre.

Je la prendrais bien sur son petit siège.

— Un seul enfant, en plus, m'a laissé un corps
vraiment superbe pour mon âge. J'ai les cuisses
fermes, les hanches rondes mais toujours toniques.
Je ne suis pas ce qu'on appelle un tas.

— Et là, vous partez en vacances, ou vous êtes
en déplacement professionnel ?

— Chez moi, tout est professionnel. Je suis une
abeille. Activité perpétuelle. Touchez mon pouls.
Jamais plus bas que ça. Même après l'amour, aucun
répit. Et vous ?

— Moi ? Ça va.

— Ça va quoi ? Vous êtes en vacances ? Vous
allez retrouver quelqu'un ? De toute façon, je suis
sûre que vous êtes homosexuel, je suis certaine de
ça. Homosexuel, rien de plus, rien de moins.

Répondre ? Elle avait achevé son voyage. J'allais
terminer le mien. Elle n'ouvrirait plus la bouche de
tout le vol et ne s'excuserait à aucun moment de
passer par-dessus mon corps, pour gagner le couloir, afin d'y faire ses exercices d'assouplissement,
penchée en avant, les fesses tendues à qui voudrait
les prendre, léchant violemment mon bras posé sur
l'accoudoir, du revers de sa robe de serge kaki.

La prunelle de mon œil

Sa fourchette a ripé, elle a percé ma tempe, mais c'est l'œil qu'elle visait. Quelques points de suture, de l'alcool, un baiser, et c'était oublié. Depuis, je préfère regarder mes pieds. On n'empêche pas les femmes de vivre, on les laisse même parler et, pire, marcher dehors. On se fiche que la mienne ne puisse plus le supporter. Elle écrit à l'État, se plaint de dames au pouvoir, elle enrage, chez le maire, sur la question des tenues révoltantes dans les rues ; pourquoi ne pas, enfin, opter pour l'uniforme ? Elle sait qu'elle va trop loin. Elle fait ça en cachette, mais je repère ses brouillons, déchirés en menus morceaux, jetés à la corbeille.

Elle m'a coupé de tous mes amis, ils lui rappellent ma vie d'avant. Elle a peur de ma famille et des anecdotes sur l'enfance qu'on aime raconter, radoter. Ah bon ? Il touchait son nombril ? C'est vrai ? Tu touchais ton nombril ? Tu vois bien que tu étais dégoûtant. Il vient de loin ce faible pour les ventres ! Une chose est claire. Si j'espère un avenir, je dois empêcher toute allusion à mon passé.

Sur la question des amis, au début, j'ai eu du mal à céder. Je leur téléphonais en cachette, et, quelquefois même, j'acceptais un déjeuner. Mais, un jour, elle m'a vu, attablé, au café. Je l'ai retrouvée près du fleuve, accroupie sur ses larmes ; dans ses yeux suppliants brillaient deux beaux diamants. Elle est restée plusieurs heures sans parler, à pleurer, assise, se balançant comme une petite enfant.

J'ai décidé de tout arrêter. Ça ne rime à rien de lui mentir. Je passe mon temps à calculer, ce que je dois dire et garder, alors tout devient compliqué. Autant laisser tomber ce casse-tête. En plus, je me rends compte que l'amitié n'est pas indispensable. On s'en fait un paradis, mais, franchement, si on réfléchit, quel temps gâché.

Une nouvelle voisine vient d'emménager. Hier, ma femme l'a attendue dans l'escalier, avec une part de gâteau, serrée dans le poing comme un caillou. J'ai tenté de l'en dissuader, mais elle m'a dit vouloir l'accueillir chaleureusement et favoriser des rapports de bon voisinage. Ça n'a pas manqué. Elle est remontée, les larmes aux yeux, la traitant d'échalas vulgaire. Elle a dit Du flan ! De la poudre aux yeux ! Ose l'aider à planter un clou, essaye tiens !

Elle s'est mise sous les draps, s'est blottie contre moi, et je ne l'ai pas reconnue pendant qu'on faisait l'amour. Elle se cambrait, gémissant, pareille à une actrice de film cochon, envoyant valser sa tête de droite à gauche, agitée, éperdue, comme si j'étais le meilleur des amants. Ça m'a décontenancé, je n'ai pas pu continuer. Elle s'est relevée, furieuse. C'est l'autre qui te fait bander, dis-le ! La présence de cette fille, qui dort juste en dessous de nous, la trouble, c'est évident. Elle se roule en boule dans le lit, ou gronde dans tout l'appartement. Je prends garde à dormir le visage caché, le bras en bouclier. Au réveil, si je l'entends fouiller dans ses ustensiles de cuisine, j'attrape un coupe-papier, je le cache près de moi et je consulte, l'air de rien, un journal de motos ou de voitures. Elle demande pour quoi faire, Tu veux partir, c'est ça ?

Nous vivons pourtant de bons moments ; l'été passé, nous avions choisi une petite maison d'hôte près d'un marais, en Brière, un pays de chasseurs. J'ai immédiatement senti qu'elle respirait. Elle a toléré les moustiques, les coups de feu, rien ne l'a gênée, elle s'est même engagée auprès de l'aubergiste à revenir chaque été. Quand je me suis plaint d'avoir été dévoré par les insectes, elle m'a mis la main sur le bras, doucement, et elle m'a dit Tu vois, mon cœur, ces piqûres ne sont rien à côté de ma douleur.

Tous mes proches se liguent. Ils disent que je me laisse faire. Or je sais m'opposer. N'en déplaise à mon frère, qui s'insurge contre mon aveuglement.

Je ne suis pas un idiot, je suis bien plus que le faible raillé par ses amis, parents, rien que des ennemis, finalement. Je n'apprécie qu'à moitié les mauvaises plaisanteries sur ma femme, je méprise le travail de sape de soi-disant complices. Ils étaient pourtant là, heureux de nous célébrer, le jour de notre mariage. Que leur est-il arrivé ? Ils exigent mon divorce, ils me conseillent de la faire soigner, ils me mettent en garde contre le danger qu'elle représente. Je ne vais pas avoir peur d'une pauvre petite épouse que son ombre rend jalouse. Je vois au-delà de ça, et puis au-delà de moi.

Oh ! c'est certain, si je devenais aveugle, ce qu'elle me souhaite parfois, tout irait mieux. Nous pourrions recommencer à nous promener, à profiter des beaux jours, à danser dans des salles de bal. Je parie que, avec une habile cavalière comme ma femme, je n'aurais aucun mal à retrouver mes repères. Nous aurions des amis, que je ne verrais pas, mais si je les entends, à quoi bon les voir ?

La voisine est montée pour rendre la politesse. Quand ma femme est rentrée des courses, nous étions au salon. Pensant bien faire, je l'ai tout de suite appelée. Chérie, viens, nous t'attendions ! Pour partouzer ? a-t-elle demandé, lâchant les sacs. Hurlant Salope !, alors que je lui tendais les pâtes de fruits, cadeau de la voisine ; et vive comme une petite chèvre, les cornes en avant, ma femme m'a donné un coup de tête. Je m'étais baissé pour ramasser les friandises, et je suis tombé dans les pommes.

Depuis, ma femme répète qu'elle ne me pardonnera jamais. Je veux lui expliquer qu'elle a tout inventé, mais elle me répond de la fermer, et que bientôt je n'aurai plus rien, même pas mes yeux pour pleurer.

Je vois où elle veut en venir et je ne suis pas un lâche. Je lui ôterai le mal de m'éborgner. Je le ferai à sa place. C'est ma façon de l'aimer ; je me percerai les yeux. J'ai acheté une pique et une sorte de ressort, qui, fixé à la pique, va me donner de l'élan pour percer le deuxième œil, dès que le premier commencera à saigner. Je vais le faire tout seul, rira bien qui rira le dernier.

Si je suis retenu pour le concours Lépine, et si l'on décide de me remettre un trophée, ma femme me donnera la main pour aller le chercher. Dévouée, aux petits soins, légère, bien habillée, elle montera l'escalier à mon côté. Je prouverai aux amis combien j'ai eu raison de dire oui.

Petit cœur

Je vais mourir, je veux te détruire, j'ai envie de te salir. Ma mère dit que tu les lâches avec des élastiques, et moi, je veux que l'élastique t'explose à la figure. Quand tu as appris ma maladie, je jurerais que tu as estimé les dépenses en soins. Quand on t'a parlé d'opération, ça a failli te tuer. Heureusement qu'on est assurés, as-tu dit, pendant que le médecin évoquait les traitements à commencer sans tarder.

Je me souviens de tout, je ne pardonne rien. Ces apéritifs ridicules avant de sortir dîner. Tiens, prends des cacahuètes, tu me disais maigrelette, et tu ouvrais un nouveau paquet de chips. Après, au restaurant, tu économisais. Une entrée, et parfois un dessert partagé. Je trouvais romantique de picorer dans ton assiette, et attendrissant que tu glisses dans ta poche les bonbons qui accompagnaient l'addition. Mignon gourmand, pensais-je. Mais je t'ai vu, un jour, les empaqueter pour les offrir, et là j'ai eu envie de cogner. Pourtant, je t'ai aidé à trouver du ruban, et je suis restée. À Noël tu refermais proprement le papier des cadeaux que tu venais de recevoir, et je me demandais qui les rouvrirait, plus tard, lors d'un dîner, d'une fête ou d'un anniversaire. Tu recyclais le chocolat, le vin, les livres et les disques. Je n'oublierai jamais le regard de notre fils, gêné de recevoir l'écharpe en soie que notre fille t'avait achetée pour une fête des Pères.

Tu es un radin, radasse, de la pire espèce des pingres, et maintenant que je crève, je te dis juste combien j'ai eu froid, voilà. Une vieille amie m'a dit que c'est au tombeau que l'on reconnaît la mesquinerie de la famille.

Rien ne sera inscrit sur ma tombe, pas même mes dates, fais comme si je n'avais pas existé. C'est ma dernière volonté.

Bêtes à concours

— Dis, est-ce qu'on est demain ?

— Non, on est encore hier, je te dirai quand ce sera l'heure. Pour le moment, tu dors. Si tes traits sont tirés, on va se faire recaler.

— Je me lève.

— Couché, j'ai dit ! Tu m'énerves. Je vais te dresser.

— Je n'ai rien fait.

— Tu dansais. Je t'ai vu. Ce n'est pas la peine de nier. J'en rêvais encore quand tu m'as réveillée.

— Fais-toi soigner. Je peux tout de même faire trois pas sans toi, n'importe quoi !

— Tu n'as pas à danser avec n'importe qui. J'étais juste à côté, seule, sans cavalier. Alors qu'est-ce qui t'a pris, de te déhancher, comme ça, avec cette fille ? Sale pouliche !

— N'importe quoi.

— C'était pour me faire mal, je le sais, ne dis pas non. Ça me provoque des picotements. J'ai mon vagin qui saigne.

— Je peux manger tes règles ?

— Non. Mange plutôt ton doigt, et rendors-toi, t'as le centre demain.

— J'irai pas. Je veux rester là.

— Ça, fallait y penser avant, tant mieux si ça t'ennuie. Au moins, tu payes un peu ta faute de samedi.

— Mais j'ai le droit ! Il n'y a rien qui m'oblige à ne danser qu'avec toi !

— Je suis ta mère, tu me respectes. Le manque d'harmonie peut nous coûter huit points. On doit avoir l'air beaux.

— De toute façon, du centre, je t'enverrai des aiguilles.

— Couché, j'ai dit. Repose-toi, tu dois te tenir plus droit. Un danseur tout bossu ne peut pas être promu.

— Je suis trop triste, je suis trop gros.

— Allez, fais comme je te dis, obéis, mets du vinaigre quand tu manges gras, ça absorbe l'huile, et tu ne grossis pas. Regarde la fifille, depuis que j'en mets sur ses croquettes, elle est fluette. Allez, tourne-toi, dors.

— Qu'est-ce que tu fais demain ?

— J'ai rendez-vous.

— Annule...

— Non. J'y vais, c'est décidé. Deux grandes lèvres bien redessinées.

— J'aime ta bouche aujourd'hui.

— C'est pas ma bouche dont je parle.

— Tu es complètement timbrée ! Tu profites toujours que je suis au centre pour faire n'importe quoi. Ça ne nous rapportera rien sur le barème des points !

— Si ! Je me sentirai mieux, je serai comme une femme neuve, avec un sexe neuf. Un bonus de treize points pour l'impression d'ensemble. Est-ce que tu t'en souviens ?

— Je trouve que ça ne rime à rien. Va plutôt chez le coiffeur et refais ta couleur ! Tu ressembles à une vieille pute !

— Sois pas méchant ! On doit gagner le concours ! Si on finit dans les premiers, c'est toute notre vie qui va changer ! Comprends !

— Il n'y a rien à comprendre. Juste des pas à apprendre.

— C'est bien plus compliqué si on veut y arriver ! Toi, tu maigris, et moi, je m'améliore pendant ce temps-là ! Ça nous permet de danser, sans avoir honte l'un de l'autre. Le jury va le sentir. Tu désenfles et je fais la coquette. On doit obtenir notre licence. J'ai hâte de commencer le concours.

— On n'y arrivera pas. Le rock, c'est trop rapide. Le tango, ça me donne chaud. Et quand tu valses, ça te tourne.

— Dors, et pour t'endormir, pense à tous ces voyages !

— Tu parles ! Dans des gymnases ! Je ne veux pas voyager avec toi.

— Tu répètes, hein, au centre, les pieds et les bras, tous les jours. Tu répètes, sinon, tu oublieras. Et tu perds cinq kilos d'ici dimanche. Le complet-veston va t'aller comme un gant.

— Avec tes lèvres opérées, ça va changer notre équilibre. Tu gâches toujours tout !

— Dors. Tais-toi. Détends tes maxillaires, et tâche de sourire. Rappelle-toi le juré de droite, il ne regarde pas nos pieds. Tout ce qu'il attend de nous, c'est qu'on soit distingués !

— Je n'aime pas danser.

— Si !

— Je ne veux plus dormir avec toi.

— Et pourquoi, je te prie ?

— Je suis trop vieux. Je veux une jolie femme, gentille, je n'irai plus au centre.

— T'es débile ! Pas une femme ne te prendra, crois-moi ! Reste avec moi. Allez, tourne-toi, je me colle, je vais t'apprendre à partir !

— Il me dégoûte, ton ventre, arrête de me mouiller le dos.

— Rendors-toi. Ou je te claque. Demain, c'est pas encore.

— Oui, mais, si on est hier, j'ai toujours mes deux jambes et je peux m'en aller.

— Non, on est aujourd'hui, et je les ai attachées. Ficelées au bout du lit. Quand on sera demain, je t'attacherai les mains ! Tes membres doivent sentir qu'ils sont liés, prisonniers. Quand je te libérerai, tu auras envie de danser.

— T'as pas le droit de m'attacher.

— T'es ma bête. Je fais ce que je veux. Dors ou je vais m'énerver. Vilain garçon. Bisou à ta maman.

— Non !

— Si ! Embrasse-moi, j'ai dit !

— Non ! Je vais m'en aller ! Je ne reviendrai jamais ! Tu n'auras plus personne pour te faire danser ! Tes lèvres, ce sera pour rien. Tu m'exciteras jamais !

La mère a pris la hache qu'elle gardait sous le lit au cas où le père, un jour, reviendrait pendant la nuit. Elle a d'abord coupé le pied droit, puis le gauche, et elle a dit Mon petit, cette nuit, tu obéis ! Durcis ! Là, elle l'a enfourché. Et tout de suite, elle a joui.

Le fils n'a pas moufté, a attendu qu'elle dorme. Seulement, en mourant, il a dit que les concours, pour elle, c'était fini. Toute seule tu ne danseras pas ! Tu avais besoin de moi ! J'étais ton cavalier, je vais t'apprendre à hennir quand tu vas te réveiller. Et l'enfant a durci, pour la première fois, avant de se vider.

Neuf mois plus tard, gueulant et écumant, la mère a accouché d'un tout petit bâtard qu'elle a appelé Sultan. Elle pense que, dans quinze ans, il sera prêt à valser, et elle, en attendant, le regarde bouger les pieds. Elle se dit que c'en est une, de belle bête à concours. Bien meilleure que le dernier ne l'aurait jamais été. Et ça vaut le coup d'attendre, on peut finir premiers.

Corvée de liberté

Quand je te dis de ranger, si tu ne le fais pas, tu
me blesses. Ça me rappelle le passé. J'ai besoin que
tu sois gentil avec moi. Tu l'avais promis. Je ne vais
pas te faire un dessin, tu sais d'où ça vient. Si je
sors cette poubelle, j'écaille mon vernis. On dirait
que le problème ne t'atteint pas. J'ai passé une
heure à le mettre, je n'ai pas envie de tout ficher
en l'air. Même si tu ne comprends rien. Comme
d'habitude. D'ailleurs, je vais te poser une question : à ton avis, pour qui est-ce que j'arrange mes
mains ? Je me demande pourquoi je continue à le
faire, tu ne le vois pas. Depuis que je vis ici, tu ne
me vois plus. Un compliment te brûlerait la langue.
Tu n'as même pas remarqué ma nouvelle teinte de
laque, nacrée. Ni rose ni parme, légèrement bleu-
tée. Ça s'appelle Honolulu, c'est drôle. Tu l'aimes
bien ? La prochaine fois, j'irai chez la manucure,
tu verras la différence de prix. Je ne sais pas pourquoi je prends garde au budget de la maison. Je
ferais mieux de me conduire comme une mégère,
de dépenser en bêtises de tout genre. Il n'y a que

les femmes sans scrupules qui se voient récompensées. Tu savais t'y prendre, avant, pour obtenir mes faveurs.

En attendant, tu parles d'un dérangement, déplacer une poubelle ! Ne mets pas de mauvaise volonté, ça m'assomme. J'en ai assez de ces mots entre nous, pour rien. Fais ce que je te dis, et puis voilà. D'ailleurs, si tu ne retournes pas la viande, elle va brûler. C'est une règle, on n'y peut rien. Quand on oublie un plat sur le feu, il crame. CQFD. Respecte, un peu ! Une côte de bœuf, tu te rends compte ? Tu es vraiment né avec une cuiller en or dans le bec. Aucun respect, pour rien, jamais, même pas pour ta femme. Je t'ai entendu dire au petit que tu n'avais pas le temps de jouer avec lui, tu trouves ça gentil ? C'est parce que je suis sa mère ? En plus, tu aboies. Tu te crois où ? Tu as pensé aux patates ? On va les manger crues, avec la terre ? Je suis allée les acheter, tu aurais pu les éplucher, sans que j'aie encore à demander. J'en ai assez. Rappelle-toi ce qui était prévu. N'oublie pas notre pacte. Si je veux, je peux encore aller te dénoncer. Ce n'est pas parce qu'on est mariés qu'il est trop tard pour porter plainte.

Le petit pleure, je te signale. Je ne pense pas être la seule à l'entendre. Tu es sourd ? Fais-le taire ! Donne-lui de l'eau, du sucre, du pain, ce que tu veux. Calme-le avant qu'on déjeune. Il a bien choisi son heure pour brailler. Vous faites la paire, tous les deux.

Ça y est ? Il dort ? Quoi, tu ne sais pas ? Il dort ou pas ? Ça se voit ! Il a les yeux fermés ou il a les yeux ouverts ? C'est une bonne astuce à connaître ! Pas besoin d'un œilleton pour savoir ce qu'il trafique dans sa chambrette ! Tu rentres et tu regardes. Dès qu'une porte peut s'ouvrir, on dirait que ça te panique !

J'ai éteint le four. C'est moi qui fais tout, j'en ai assez. Pense aux patates. Vu comme c'est parti, je ne sais pas si elles seront prêtes pour midi. J'aimerais pouvoir regarder mon feuilleton tranquillement. Et que cesse toute cette agitation. Arrête de causer, mon film commence. Il faut toujours que tu l'ouvres au moment où je me détends. Tu me parleras pendant le déjeuner. Ça doit pouvoir attendre. Si tu as envie d'aboyer, va donc au travail, et fais des heures supplémentaires. Ici, tu obéis.

Le petit couine. Vas-y, je te jure, vas-y ou je m'énerve. Je suis occupée. Je regarde mon film. Tu te débrouilles. Ça ne m'intéresse pas. Raconte-lui une histoire. Lis-lui un livre si tu n'as pas d'imagination.

Allez, à table. Ça fait du bien, un déjeuner tranquille, juste avant qu'il se réveille. Dommage qu'il faille tant lutter pour obtenir quelques minutes de calme. Je ne sais pas où tu as pris ta laitue, mais elle est flétrie. En face de la prison ? Évidemment !

Je t'ai dit de ne jamais acheter les légumes chez ces voleurs. Tu ne peux pas descendre jusqu'à la grande place ? C'est trop te demander ? Tu iras me chercher du persil en promenant le petit tout à l'heure, ça te fera un but. Mais pas au marché couvert. Au marché découvert. Tu as appelé le réparateur pour la grille ? C'est dangereux, une grille défectueuse.

Ce n'est pas à moi de le faire. Je ne le ferai pas. Ce n'est pas moi qui l'ai abîmée. Peut-être que ce n'est pas toi non plus. Je me le demande. À toujours forcer son ouverture, à mon avis, tu en as cassé la fermeture. Si. Tu forces. Tu appuies plusieurs fois sur la télécommande, alors qu'une seule suffit. Maintenant j'en suis sûre. C'est toi qui l'as cassée.

Quoi ? Mais non ! Reste là. Il va se réveiller dans dix minutes. Maximum. Non, je ne t'empêche pas de faire la sieste, mais je pense juste que, au lieu de t'affaler, tu pourrais être humain et rester avec moi. Ici. Au salon. C'est toi qui m'as voulue, alors maintenant tu dois t'occuper de moi. Tu t'es octroyé le droit d'organiser ma libération pour bonne conduite, après deux ans passés à m'extraire de ma cellule quand bon te semblait, deux ans à profiter de moi honteusement. Tu t'es permis de me mettre enceinte, d'exiger mon silence, de me promettre en échange la liberté, de l'obtenir, de m'épouser, et une fois que je suis là, tu voudrais dormir ? Est-ce que je dors, moi ? Oh ! Et puis, si tu préfères, va te coucher ; de toute façon, dans dix minutes, il faudra que tu te relèves. J'aime mieux ne pas le laisser faire dans sa couche, il faut qu'il s'habitue au plus vite à son pot, il doit trouver son autonomie. Je veux lui apprendre la liberté.

Avant d'aller te vautrer, tu pourrais quand même venir me faire un petit bisou. Je t'aime bien, moi.

La douleur, il faut la tuer

Mon mari a dit aux invités qu'il fallait m'excuser. Il m'a montée dans la chambre. Il était rouge, furieux, la sueur lustrait ses tempes et il serrait les poings. Il les a rouverts pour attacher mes mains, poser la muselière et fermer les rideaux. Je sais qu'il va revenir, quand la maison sera vide, il va me demander ce qui m'est arrivé, mais, moi, je n'en sais rien, j'ai débordé.

Il voudra me cogner, mais il n'osera pas. Il sait se maîtriser. Je veux partir d'ici, mais la porte est fermée. Il a donné deux tours de clef avant de redescendre. Je les entends, tous, en bas, bavarder et dîner. Et moi, je suis toute seule et je ne peux pas appeler, car il m'a bâillonnée, avec la muselière du chien de garde, qui veille dehors. Je n'aurais pas dû le mordre, a-t-il prétexté. Tiens-toi, on va te soigner, mais ne recommence plus ça, je ne peux pas le supporter. Allez, couche-toi maintenant, et ne fais plus de bruit.

Comme je ne peux pas taper le mur avec les bras,

je frappe avec les pieds. Pour que je cesse, tu dois me tuer !

J'attends de lui un geste, il faudrait m'achever, mais à qui le demander, si ce n'est à celui qui un jour m'a dit oui ?

Je monte sur une chaise, tourne le dos à la vitre et de mes doigts noués, ouvre la fenêtre et mesure la hauteur qui me sépare du sol. Les bras toujours coincés, je saute et me retrouve en bas, les pieds dans la terre fraîche, contente comme un cabot qui fait sa fugue du soir, et quand même étonnée de ne m'être rien cassé. Mon maître se tient à table avec ses invités. La muselière n'a pas bougé, il sait comment bien l'attacher. Jusqu'à l'heure du coucher, je ne dois pas le déranger. Mais je peux me rouler sur le ventre, courir dans le jardin, sans risque, c'est clôturé. Je voudrais qu'il m'embrasse, tout de suite, quittant la table, me retrouvant dans l'herbe, batifolant gaiement, je voudrais qu'il m'étreigne, pas seulement au concert, quand la salle se lève pour saluer l'arrivée des autorités. Là, il me prend toujours la main, et ça me donne envie de crier. Je voudrais qu'il me caresse, la nuit, pour me faire dormir et se faire pardonner, qu'il m'étouffe, comme avant, au début de nos vingt ans. Notre fille aurait quinze ans.

Dans la maison, mon mari me réserve une pièce, qu'il appelle « l'atelier », où il me dit d'essayer de chanter, pour chasser hors de moi les démons qui sommeillent. Je ne pense pas qu'ils dorment. Il a mis un miroir pour que je puisse les regarder. Mais je n'entre pas là-bas. Je préfère le lit d'enfant qu'occuperait notre fille si elle avait quinze ans. Je prends des médicaments, et je m'endors, dedans.

Le soir, s'il organise des dîners de convenance, je dois me débrouiller pour parler, me tenir droite, sourire ou, juste là, sans pleurer, plaire et participer. Si on me faisait la farce de bouger la tapisserie, je ne m'en apercevrais même pas, dit mon mari. Mets davantage de cœur, prends-toi au jeu, écoute, intéresse-toi ! ajoute-t-il, conseiller, distant, jamais amant. Tu finiras par trouver ton bien-être, ne coupe pas les ponts, les hommes sont comme ils sont, mais tu as besoin d'eux pour continuer à vivre.

Quand je rate un mot, si je dis viol au lieu de veau ou bien vélo, au lieu de voler, si je dis cuisse à la place de puisse, ou assassin pour fantassin, mon maître sursaute. Mais, s'il constate que je me reprends et poursuis calmement, alors il revient à lui, respire et pense qu'on est sauvés. Pour cette fois. Mon nouveau traitement va marcher. Des calmants à ne pas arrêter, sinon ça peut dégénérer. Des gélules, des gouttes, des capsules, dont il connaît les quantités, qu'il passe son temps à vérifier. Tu les as pris ?

Je vais les cracher. Mon voisin de table parle de sports d'hiver et me demande si j'aime le ski, la neige, la période des fêtes de Noël. Décembre ? lui dis-je, c'est là que notre fille est morte. Justement, en décembre. Justement, à la montagne. Vous le savez, n'est-ce pas ? Pourquoi ne m'en parlez-vous pas ?

Ces questions, je les pose plus bas, je ne veux pas que mon mari m'entende. Je jette seulement le trouble sur les gens du dîner, qui, plus tard, rentrés, diront que leur hôtesse était terriblement abattue. Si vous le savez, dis-je encore plus doucement, vous pourriez au moins dire que vous êtes désolé. Ça se fait.

Les femmes boivent leur champagne, écoutent bien poliment mon mari raconter, digresser, plaisanter. Elles voudraient revenir, une autre fois, peut-être, ou devenir des amies, mais je ne souhaite pas les revoir. Je préfère creuser des trous, dans le jardin d'ébène, attendre qu'une queue me pousse au milieu des deux jambes, et voir comment ça fait d'être un homme qui ne pleure pas.

On se débrouille comme on peut, on n'a pas le même chagrin ; parfois, même, je me demande si on a la même fille. Rien ne passe, mon corps est froid, et sa tête est ailleurs. Il ne peut pas m'aider, on s'est perdus là-dedans, dans le tourbillon noir. Les premières heures, muets, on s'est tenu les mains, au bord du lit, sans drame, on a juste attendu. Le jour de l'enterrement, il a lâché ma main. J'avais donné la vie, la mort me revenait. C'est ce qu'il a pensé. Ses dents se sont serrées, il n'a jamais pleuré.

Il dit que ça fait longtemps. Je dois m'habituer.
Voilà ce qu'il m'ordonne quand les invités viennent
et que ma tête s'en va. Alors je tiens, quand même.
Il le décide pour moi. Je joue à la grande dame. Il
dit N'en fais pas trop, va doucement, calme-toi. Il
le dit discrètement, à mon oreille parfois. Pense-
t-on qu'il dit Je t'aime ou quelque chose de doux ?
Je lui demande, en échange de ma bonne tenue, un
morceau de limonaire, et il ne répond rien.

Il a l'air de vous déplaire autant qu'à moi, ce
dîner ! ai-je lancé aux dames qui m'écoutaient mollement, préférant à mes mots tous ceux de mon
mari. Pas mollement, dit-il, dans la chambre,
ensuite, quand je me plains des dames, et de leurs
vilains traits, tendus, sans douceur, sans chaleur,
contre moi. Pas mollement, répète-t-il, les yeux
injectés de vif, effrayées de t'entendre raconter tes
salades !

Je ne dis pas de mensonges, je dis la vérité, je
raconte ce que je veux à nos invités. Je trouve qu'ils
parlent trop fort, ma fille morte dormirait dans la
chambre, tout près. Et ce n'est pas parce qu'elle
est morte qu'elle n'est pas là. Écoutez ! elle respire.
C'est son petit souffle chaud, qui sort de vos
assiettes, c'est bien ma fille que vous vous apprêtez
à consommer. Pourquoi êtes-vous gênés ? Regar-
dez-moi, enfin, au lieu de vous détourner.

Il est devenu dingue. S'excusant, il m'a demandé
de monter. J'ai hurlé, j'ai dit que je monterais seu-

lement s'il me descend. Je veux mourir, tu comprends ? Il a dit Ça suffit maintenant.

En me débattant, je me suis cassé des doigts.

Je creuse dans l'herbe, c'est bon pour mes mollets, je me prépare pour l'été, le maillot et la plage, s'il veut bien m'emmener, s'il ne me met pas dans cette maison de qualité, où l'on soigne les gens décalés, et où j'ai déjà passé les trois derniers mois d'août. S'il me place là-bas, encore une fois, j'abîmerai le jardin, je peux creuser tout ce que je veux, et laisser mon caca posé bien au milieu, comme les hommes sur ma fille. Elle avait les cuisses noires. Je vais faire sur l'escalier, tiens, pour les invités, qui le contourneront en pinçant un peu le nez. Me traiter comme ça, et me museler, moi, quel affront devant le monde, il devient fou.

Je colle ma bouche à la fenêtre, ils sont attablés, je renifle contre la vitre. Il me voit, je m'enfuis, je fais des ronds dans l'herbe, essayant à pleines dents d'attraper mon derrière. Mais, muselée comme ça, je suis gênée pour mordre. Il crie mon prénom. J'ai compris son manège. Il veut que je vienne en accourant. Et moi, je veux qu'il m'aime, encore, et comme avant, je veux qu'il m'aime pour deux, et s'il ne le peut pas, qu'il continue sans moi ; je baptise ses bosquets, écrase ses fleurs avec mes pieds, je n'écoute pas ses remontrances et, quand il se pointe à la porte pour crier, quand il met ses pieds dans ce que j'ai déposé, je lui envoie de la terre sur les jambes, comme pour l'enterrer.

Mais le voilà qui sort et demande au garde de libérer le chien. La bête fond sur moi et m'attaque à la gorge. Mon mari ferme la porte, déclenche le limonaire, il ne veut pas qu'on sache que sa femme, malgré la muselière, a crié quand il a décidé de la faire égorger. Pour faire taire le malheur, c'est vrai, on peut chanter. Mais pour vaincre la douleur, il faut la tuer.

Il pose ses mains devant ses yeux. Il va pleurer. Ce sera un accident. La musique est pour moi, c'est son cadeau d'adieu, elle n'a jamais rejoué depuis que notre enfant vole. Je dis merci. Le chien peut prendre ça pour lui.

Cellule familiale

Pour le gala annuel de l'entreprise, j'ai choisi de porter ma robe rouge. J'évite le noir dans les soirées, c'est trop passe-partout. Le coiffeur m'a fait un chignon bas, mais il a laissé échapper des boucles, pour une coiffure très naturelle. Mon mari remarque le moindre détail. Cet été, j'avais sauté un rendez-vous chez le coloriste pensant que, avec l'eau de mer, ça ne valait pas le coup de dépenser en teinture, mais un jour où on traversait la plage dans le soleil, mon mari m'a priée de m'arranger pour cacher mes racines.

J'ai nourri mes jambes et mon décolleté avec un lait délicatement parfumé. En raison des embouteillages, mon mari n'a pas pu venir me chercher à la maison. J'ai dû prendre les transports en commun. Je n'ai pas mis de manteau, il déteste faire la queue aux vestiaires. Plusieurs hommes se sont retournés sur moi dans la rue. L'un d'eux m'a proposé de boire un verre. J'ai été très touchée. Je suis arrivée à la soirée le cœur battant, à cause des autres femmes, mais rassurée de me savoir un peu jolie,

grâce aux paroles attentionnées de cet étranger. J'ai
voulu raconter à mon mari qu'on avait essayé de
m'inviter, mais il a dit, en posant un doigt sur ses
lèvres, que je lui expliquerais tout cela plus tard.
Je reconnais que je suis un peu casse-pattes, je
l'oppresse souvent avec un tas de questions sans
urgence.

Il me laisse boire une coupe de champagne, tranquillement, dans mon coin. Il parle avec des femmes
et s'excuse auprès de moi de ne pas me les présenter.
Il ne se souvient pas de leur prénom. Il est parfois
étourdi, il lui arrive, même avec le mien, de se tromper. Et ses amis, de ricaner. Mais tout va bien. Il
trouve ma coiffure réussie et il rit, parce que mes
petites boucles lui rappellent celles d'un caniche,
alors je ris avec lui. Nous ne nous attardons pas, je
crois qu'il a envie de rentrer.

J'apprécie son empressement à rejoindre les
enfants. Notre famille est notre joie. Du moment
qu'il y tient, s'y sent bien, la préserve, je reste la
plus heureuse des femmes, et la plus épanouie des
mères. En partant, il salue une jeune femme, il me
la présente, mais j'oublie aussitôt son prénom. Dans
la voiture, il me dit quelque chose d'un peu spécial,
qui me file droit au cœur, il me dit Tu sais, chérie,
je n'ai jamais touché une peau plus douce que celle
de cette fille.

Mon mari et moi avons toujours été extrêmement pointilleux sur la communication dans notre couple. Dès le début, nous avons posé la question : devions-nous, chacun, garder notre jardin secret ? Nous avons jugé ces enfantillages dépassés, et cela nous a ôté une belle épine du pied. Bon nombre de nos amis considèrent leurs aventures d'antan comme des bêtes à panache et autant de garanties de succès auprès de leur conjoint. Mon mari et moi n'avons pas opté pour ce mode de vie là. Alors, je lui dis tout, et lui, en retour, ne me cache presque rien.

Tout est rodé, huilé. Nous avons su fabriquer notre bonheur. Lorsque je rentre du travail, je prends les enfants à l'étude, puis ils terminent leurs devoirs et jouent pendant que je prépare le repas. Mon mari rentre, il se débarrasse de sa cravate et vient s'asseoir avec nous. Il lance aussitôt un jeu éducatif de son invention et nous nous amusons tous à répondre à ses questions de culture générale. Il arrive que nous ayons commencé à dîner sans lui, mais je le préviens toujours par téléphone, même si je sais qu'il ne m'en tiendra pas rigueur. Ce n'est pas une indélicatesse de ma part, seulement une façon d'empêcher les enfants de picorer avant le repas. Chacun de nous raconte ensuite sa journée, et si mon mari ne s'étend pas sur la sienne, c'est pour laisser plus de temps aux petits. Je fais la même chose. Ils n'ont pas besoin de savoir que j'ai bu un chocolat à dix heures et acheté douze oranges pour le prix de neuf. Si un enfant a un problème, nous en parlons d'abord tous les deux.

Si l'un de nous s'aventure quand même sur ce terrain, dans l'élan de la conversation, l'autre lui fait signe de se taire, ou, s'il n'y pense pas, c'est souvent un des enfants qui, de lui-même, fait « chut » avec son doigt. Il n'y a pas de mystère. Une bonne méthode est immuable, et nous ne nous risquons pas à en changer. Je suis toujours très heureuse d'aller déjeuner chez mes parents ou chez sa mère, d'ailleurs elle m'appelle tendrement sa caille. Quand mon père et mon mari prennent le café en discutant, et que maman et moi nous éloignons avec les enfants, ma vie me semble si aboutie que je me demande bien quelle lame pourrait être assez aiguisée pour entailler ma veine. De la même façon, les week-ends entre amis me prouvent à quel point nous sommes unis. Les enfants copieront, c'est sûr, notre modèle. Je suis garante de l'unité. Je fournis des efforts, tout n'est pas naturel, et parfois je me heurte à mon tempérament. Mais, dans l'ensemble, j'aime la vie familiale, et même les enterrements, où le chagrin ne m'empêche pas de servir des tisanes, dans un joli service, de cajoler tout le monde, de remonter le moral des troupes. Quand mon beau-père est mort, notre famille, rangée derrière son cercueil, avait tellement d'allure qu'une amie, venue nous soutenir, s'est cachée pour nous photographier.

En ce qui concerne la peau douce d'une fille croisée dans une réception, j'hésite entre me taire ou en parler, mais je prends la décision d'attendre.

Jamais je ne chercherai du réconfort auprès d'une amie, mon couple étant classé parmi les plus solides. J'aime beaucoup qu'on m'envie. Et si je me sens devenir reptile, parce que la fille a la peau douce et que la mienne devient de cuir, je consulte un livre pour savoir si j'ai tort ou raison. Puis je cherche les mots justes. Je ne m'abaisse pas à assener à mon mari une phrase brutale, comme Tu sais, chéri, de ma vie, je n'ai jamais connu plus dure que la queue d'Alfred. Oh ! non, je ne le dis pas, je me contente de le penser, et je n'aime déjà pas beaucoup ça. Je me fais « chut » avec le doigt.

Exceptionnellement, je constate que cette petite réflexion anodine à propos de la peau d'une autre femme m'a piquée. Je choisis l'heure du dîner pour aborder la question, et transgresser exceptionnellement notre accord de discrétion en présence des enfants.

— Chéri, j'ai trouvé étrange, l'autre soir, ton allusion à la peau de la fille.

— Quelle fille ? demande le grand en allant chercher un couteau à la cuisine, tandis que le petit serre sa serviette dans son poing.

— Je ne suis pas ton complice de beuverie. Je trouve que tu as eu tort de me parler de la sorte. Depuis, je me fais des idées. Excuse-toi.

Mon mari fait « chut » avec son doigt, mais le petit insiste :

— Quelle fille ?

— Une fille de mon bureau, et ça ne te regarde pas, répond mon mari.

— Si, ça nous regarde ! crie le grand. Hein, maman ?

— Bien sûr, les enfants. Continuons. Alors... Pourquoi t'être permis de me considérer comme un vieux pote ?

— Chérie, il n'y a aucun problème.

— Je le sais ! Mais je réitère ma question : pourquoi m'avoir dit que cette fille avait la peau douce, sans user du moindre tact ?

— Comment tu sais qu'elle a la peau douce ? demande le grand. Tu l'as touchée ?

— Je t'interdis de toucher une autre femme que maman !

— Alors, réponds ! Nous ne pouvons nous contenter de ce silence. Allez, chéri ! Tu l'as touchée ?

— Oui.

— Souvent ?

— Non. Je ne sais plus...

— Comment ça, tu ne sais plus ? On ne peut pas le savoir à ta place !

— Je te déteste ! hurle le petit en attrapant sa fourchette. Pourquoi tu l'as touchée ?

— Pour lui dire bonjour, parfois au revoir. Une fois, je l'ai touchée parce qu'elle s'est trouvée mal, elle était tombée par terre, j'ai voulu l'aider à se relever.

— Et pourquoi était-elle tombée par terre ?

— Je ne sais pas, la chaleur, la fatigue, je ne sais pas enfin !

— Tu l'aimes ? Tu vas quitter maman ? crie le petit, menaçant son père du contenu de sa timbale.

— Bien sûr que non !

— Tu te souviens quand même d'avoir dit cela ? Ce n'est pas moi qui invente, on est d'accord, chéri ?

— Peut-être.

— Amnésique ou malhonnête ? Les enfants, soyez témoins ! Papa ment !

— Je ne suis pas un menteur ! dit mon mari en se levant de table.

— Alors pourquoi tu te lèves ?

— Assieds-toi ! hurle le grand.

— Chéri, la question est : regrettes-tu ta maladresse ? Excuse-toi et qu'on en finisse !

— Tu l'infirmes ou tu la confirmes ? interroge le grand.

— Oh, ça va, toi ! gronde son père.

— Oui, ton fils va très bien !

— Communication ! crie le petit.

— Silence ! dit le père en approchant son doigt de la bouche de l'enfant.

— Ne touche pas à mon fils et avoue ! je hurle.

— Oui. J'ai touché cette fille. Et je m'en excuse. Je ne sais pas ce qui m'a pris. C'était comme ça. Je l'ai pris comme c'est venu.

— Eh bien voilà !

Nous soufflons tous les trois.

— Allez, n'en parlons plus ! Je crois que votre

père a compris. N'est-ce pas ? Débarrassons, puis
regardons un film. Allez, c'est papa qui choisit.

— Non, c'est moi ! dit le petit.

— Non, moi ! renchérit le grand.

— Chut ! fait mon mari avec son doigt.

Et tous ensemble, un doigt sur la bouche, nous
allons nous planter devant le téléviseur. Nous nous
prenons la main, mon mari et moi, nous sentons
encore une fois que nous tenons quelque chose avec
la communication. L'essentiel, c'est de dialoguer.
Après, il ne faut pas décortiquer. À trop couper les
cheveux en quatre, on peut en sortir ébranlé.

Petite femme

Elle marche devant moi, tient la main de son père et lève les yeux vers lui comme on regarde vers Dieu. Avant de traverser, il retire la boue qu'elle a sur les pieds, nus dans des petits souliers. Il crache sur ses chaussures, pour la divertir. Elle rit, fort, de façon obscène, consternante pour une enfant de son âge. Je les suis, encore. Elle dit mon papa, elle lui prend le bras, comme une petite dame. Devant les boulangeries, elle ne tourne pas la tête vers les gâteaux, ou bien à peine, et, tout de suite après, elle le contemple, sourit, et s'il lui demande quelque chose, es-tu fatiguée, as-tu faim, chaud, envie de t'arrêter, elle répond non, de crainte de passer pour une ingrate.

Je les suis pendant des semaines. Chaque jour, je récolte un indice pour aménager la chambre qui lui plaira. Elle sait se comporter avec un homme. Les bases sont solides. Elle va très vite séduire n'importe qui, son père devrait sentir cette aptitude à se donner à un homme ; s'il l'aimait vraiment, il prendrait peur, il arrêterait de lui enseigner la séduction. Je sens chez elle la volonté de plaire, contre sa nature, elle est prête à mettre son goût de côté, son élan premier, elle peut modifier son caractère, juste pour captiver son père. Peut-être que, aux longues marches qu'il lui impose à travers la ville, elle préférerait un jardin avec des agrès, des toboggans, un bac à sable, la piscine, un zoo, des bonbons gélifiés, un vrai jouet plutôt que celui qu'il vient de fabriquer avec un bouchon et des feuilles, mais elle croque dans les marrons chauds et serre le jouet contre elle, comme un petit trésor, elle entre dans les musées, les cours d'immeubles, regarde les devantures du marchand de soldats de plomb, tourne la tête un instant vers les poupées, mais continue à écouter son père lui expliquer l'ordre des escadrons, le sens des batailles, il lui chante même une rengaine militaire, lui demande de lire les noms des rues. Le père fait semblant de coller son nez contre un carreau, semblant de sauter à pieds joints dans une crotte de chien. Elle rit et ne voit pas que je suis derrière elle.

Le samedi, à midi, il l'attend à la sortie de l'école, ils rentrent chez eux, puis ressortent ensemble, après le déjeuner, sans mère, il n'y a pas de mère dans l'affaire. Même son manteau, il lui apprend à l'enfiler, je n'ai jamais vu d'enfant aimer si fort son papa, et l'appeler ainsi mon papa. Elle est faite pour un seul homme, pourtant il la trompe, c'est sûr, et moi je peux le dire, je les suis, je sais que les femmes le regardent, par exemple, mais son insouciance, à elle, est plus attirante que les regards de femmes, et sa main, plus petite, plus légère, et pourtant plus forte.

Alors je l'enlève ; à l'école, je l'attends. Je lui dis que je suis un ami de son père. En marche vers notre maison, je lui raconte la petite chambre dans laquelle elle va vivre, et le monde enfantin que j'ai fabriqué pour elle, un monde où les poupées remplaceront les soldats. Elle dit que, avant d'entrer, elle préférerait voir son papa. Elle l'appelle dans la maison, elle dit Papa, mon papa, tu es là ? Alors, je fais comme lui, une pichenette dans son dos pour l'amuser. Elle entre chez moi. Et on s'enferme à clef.

Là, elle décide de se taire, plonge son nez en avant, fronce l'œil. Je ne la laisse pas dans le flou, je la guide et ne la perds pas, je lui donne forme, je dessine, avant même que son corps change, la femme qu'elle va devenir, qu'elle devient, dans sa petite chambre dont j'ai changé les couleurs, à l'adolescence déjà. Je la gâte, je lui donne des journaux, des livres, on regarde des films, de vrais films de cinéma, je n'en ferai pas une ménagère inculte, elle n'a pas droit aux émissions idiotes, elle a de l'esprit, du tempérament, c'est une adolescente qui n'existe pas ailleurs.

Plus tard, une violence germe en elle, et je ne la comprends pas, quand soudain elle me dit qu'elle ne fera pas le ménage, la lessive, les bouquets, elle n'est pas ma bonne, elle ne sera pas ma femme non plus, elle est à peine un animal de compagnie, une espèce de hamster, un cobaye, un chat à la limite. À la rigueur, elle veut bien me parler en mangeant, justement parce qu'elle sait que sa bouche pleine me répugne. Son adolescence a été agréable, pourtant, elle avait compris les règles que je lui avais enseignées, on sèche ses mains sans froisser la serviette, on marche sans cogner le sol avec les pieds, on ne perturbe pas le cours des choses, on se confond avec l'air, on prend le rythme de l'autre, on a les cheveux doux, les dents propres, le sourire, on n'est pas de mauvaise humeur, on n'a aucune raison de l'être, quand on a un toit, chaud, jamais faim, et quelqu'un pour vous dire bonsoir.

Elle est femme, elle veut partir d'ici. La petite femme sur mesure que j'ai éduquée m'accuse de la tenir enfermée. Elle tape avec ses poings contre les murs, la table, et contre moi quelquefois.

J'échoue.

Le soir, quand elle appelle son père, j'arrive en accourant, je reste à son chevet et je lui tiens la main, elle regarde vers moi comme on regarde vers

Dieu, mais, un jour, elle est grande, elle a bientôt
dix-sept ans, elle passe ses bras autour de mon cou.
Je suis là, lui dis-je, la serrant doucement, je vais
t'aimer maintenant.

Je pense au père hurlant.

J'effraie

J'ai mis près de trois heures à arriver ici, porte à porte, quelle route. Et je ne compte pas les jours perdus à peser le pour et le contre de cet anniversaire où je ne connais personne. Je suis venue à reculons. Il paraît que mon caractère en impose. Je ne veux pas, pour autant, rester célibataire. Une occasion de trouver chaussure à son pied ne se refuse pas.

D'ordinaire, je m'emballe, et ça ne donne jamais rien. Là, je viens de rencontrer un bonhomme sans grand intérêt, mais j'attends de voir. Il me demande où sont mes parents. Je réponds que je suis en âge de sortir seule. Il répète sa question, il veut dire parents au sens large, ici, dans la pièce où l'on se trouve, dans la salle où l'on danse. Qu'est-ce que ça peut lui faire ? Je lui montre des gens, au hasard, il cherche à comprendre qui je suis par rapport à la femme dont c'est l'anniversaire. Je ne suis rien, lui dis-je. Une pièce rapportée ? Oui, oui, si vous voulez, vague cousine éloignée.

Dans le jardin, on marche. Je claudique à cause des cailloux et de mes chaussures hautes que je veux garder neuves. Un accident ? demande-t-il. Quoi ? dis-je. Votre hanche ! Ah non, juste mes chaussures. Il a l'air déçu. Un homme prêt à me soutenir ? Je sens qu'il va m'étonner. Un homme qui aurait pitié me donne envie de boiter.

Il me raconte ses joies, et surtout sa passion pour le tennis. Dès qu'il est question de courir après une balle, il est partant et, mieux, il est classé. Combien, je ne comprends pas. Je sens la passion me gagner moi aussi, bien que j'espère déjà lui faire perdre la sienne. Je n'aimerais pas que son hobby le détourne de notre couple. Ce soir, je vais l'embrasser. Cette nuit, on fera l'amour. Demain, je le regarderai jouer son dernier match. S'il gagne, j'applaudirai. Je courrai pour le féliciter. Ce sera bien. On remplira sa coupe de champagne frais. On fuira le déjeuner officiel. Les dames de la fédération m'envieront. Son entraîneur tentera de le joindre au moins vingt fois. Il me fera écouter les messages, riant de son ton glacé, de ses expressions de brute, Tu es devenu fou ? Tout le monde t'attend, rapplique ! À la nuit tombée, il finira par retourner au club et cassera la figure de l'entraîneur qui le malmène si durement depuis toujours. Il arrêtera le tennis et finira boxeur, je conduirai la voiture, une berline noire, avec des jantes en or, j'irai chez le pharmacien acheter des protège-dents. Avec celles qui tomberont, je me ferai des pendentifs.

Il aime aussi le football, il y joue, mais trouve très compliqué de constituer une équipe. Des joueurs arrivent en retard, d'autres sont en déplacement, les équipes sont bâtardes. C'est navrant. Sinon, il adore la voile. Je n'ai pas le pied marin, mais je m'habituerai. Et puis on fera escale. En Méditerranée.

Où vas-tu cet été ? Nulle part, lui dis-je. Enfin si, j'ai déjà des idées, des amis qui m'invitent, dans des maisons, mais je n'ai rien décidé. Lui part en croisière, embarque à Marseille, se dirige vers la Corse, puis vogue au gré des vents.

— C'est dangereux, non ? lui dis-je.

— Oh non, je connais la mer.

— Moi, il y a deux mois, j'étais en Turquie, la mer est belle mais agitée. Alors que je me baignais, une vague m'a emportée, mais le pire de tout, allez, je te le raconte, et tiens-toi bien surtout ! mes bretelles de maillot ont fondu au soleil ! J'en garde un drôle de souvenir. C'étaient des petites bretelles en plastique transparent.

Il regarde devant lui, n'a pas l'air d'écouter. J'ai dû remettre mon une-pièce pendant toutes les vacances, et je suis rentrée marquée, mon bronzage est raté. Mais, ça, je le garde pour moi, d'ailleurs il le verra tout seul, plus tard, quand il me déshabillera.

Il me demande ce que je connais, en dehors de la Turquie, si le dimanche, par exemple, je visite la ville, si j'ai déjà vécu dans le quartier où il vient de s'installer. Il veut savoir si j'aimerais, un jour, déménager. Mais qu'insinue-t-il ? Je reste sur mes gardes. Je n'aime pas son prénom. Je trouve qu'il sonne lourd, gras. Je lui demande son nom de famille. Coulier. Boris Coulier. Coulier, ça jure avec Marie-Annick. Ça fait massif. En même temps, je pourrais conserver mon nom, aujourd'hui on a le droit de choisir. Nos enfants s'appelleront Coulier-Redon, ou Redon-Coulier. Comme ça, ça va. À condition que l'homme ou la femme qu'ils épouseront, ensuite, n'aient pas eux aussi deux noms accolés. Ça leur en ferait quatre. Il faudrait en supprimer deux, un de chaque côté, mais lesquels ? Si notre fille, Pauline, Pauline Coulier-Redon, épouse un garçon du nom de Louis, Louis Autant-Lara, un garçon très bien, chic et gentil, serviable et drôle, eh bien comment vont-ils s'y prendre ? Soit Pauline prend le nom de son mari, soit Pauline décide, comme moi, sa mère, de garder le sien. Et qu'advient-il des enfants ? Coulier-Lara ? Autant-Redon ? Autant-Coulier ? Oh ! ce que c'est moche. D'où vient ton nom ? lui dis-je.

— Du Centre.

— Ça ne m'étonne pas.

Il propose de rentrer danser et de grignoter quelque chose. Je n'aime pas trop ça, lui dis-je. Les buffets, c'est le piège, on mange sans s'en rendre compte. Et alors ? demande-t-il. Et alors on grossit !

Je lui attrape la main. Il la reçoit, gêné, et profite d'une porte à ouvrir pour la retirer. Il est timide. Je lui apporte une assiette de petits-fours. Il la refuse, mais remercie gentiment. Je m'aperçois alors que, en plus de sa vilaine peau, il ronge ses ongles, et ça, c'est dégoûtant.

— Qu'as-tu au bout des doigts ? C'est tout rouge, tu as vu ? Tu te les ronges ?

— Un peu, oui.

— Un peu ? C'est monstrueux ! À ton âge, c'est bizarre. On t'a empêché de téter ? Tu ne réponds pas, ça te gêne ? On lavait ton doudou ? Tu veux qu'on parle d'autre chose ? Je te donnerai une crème. En une nuit, tu verras, tes doigts seront comme neufs. Allez ! dansons, veux-tu ?

— Tout à l'heure.

— Bien. Je t'attends.

Il s'éloigne pour guincher avec la jeune sœur de notre hôte. Fagotée comme elle est, ce serait mal de la laisser faire tapisserie toute la soirée. Et déjà, il revient, alors je vais vers lui.

— Tu es gentil de l'inviter ! La pauvre, qu'est-ce qu'elle est laide ! On danse à présent ? J'adore, c'est ma chanson !

Je me glisse dans ses bras. Je regarde son visage. Même avec un traitement, ses grains de milium ne disparaîtront pas. Pour l'acné rosacée, on risque de ne pas trouver le traitement adapté. J'aimerais bien libérer ses petits poils incarnés. À l'aide d'une aiguille et d'une pince fine, je vais essayer de l'aider. Il sent le chaud, c'est dommage, mais la pièce confinée est remplie d'invités. Allez, je lui dis quand même.

— Dis donc, tu transpires… Tu as bu ? Tu évacues ?

— J'ai chaud.

— Comment ça se fait ?

Je m'aventure près de son cou, je chante à son oreille, j'attends qu'il m'embrasse, mais, soudain, il lance qu'il doit partir. J'acquiesce, c'est comme il veut, je lui dis Allons-y ! Mais Boris accélère.

— Je suis venu à moto et je n'ai pas de deuxième casque, avance-t-il pour seule excuse.

Il est déjà dehors.

— Tu ne dis pas au revoir à la maîtresse de maison ?

— À bientôt, me répond-il.

— Je me demande bien comment ! Je ne suis pas dans l'annuaire ! Veux-tu savoir où me joindre ? lui dis-je, très détachée.

— Non, c'est bon, je demanderai.

— Je suis sur liste rouge !

— Je demanderai !

Et à qui, je vous prie ?

Encore un que j'effraie.

Arrache-cœur

C'est l'histoire de deux âmes qui doivent finir d'aimer. L'une parce qu'elle se sent vieille, l'autre parce qu'elle est chassée. L'homme ne veut plus de la femme, il la trouve trop jeune. Elle ne jure que par lui, elle voudrait le garder. Elle dit qu'elle peut mourir, demain, bien avant lui, tuée par un forcené, fauchée par un camion. L'homme dit qu'il sait tout ça, mais se sent vieux pour elle, refuse de continuer, ils doivent y parvenir, il faut cesser de s'aimer. Ils se revoient une fois encore pour en parler. Il voudrait qu'elle comprenne. Il lui redit les mots, les plus justes en son âme, elle l'écoute, atterrée, le monde peut s'écrouler. Il n'y a que lui, se dit-elle.

Quelque chose est fini, déjà, en moi se fane. Quelque chose s'est fermé, dit-il, et toi, tu es sublime. Ça m'arrache le cœur, ma belle, j'allais t'appeler ma grande, tu vois, je suis ridicule, même mes mots sentent le vieux. D'ailleurs, je dis dancing, soulier, chandail, naguère. Et béguin, quelquefois. Si je meurs demain, qui sera là pour toi ? Ça m'arrache le cœur, regarde de quoi j'ai l'air. J'ai cinquante ans. Toi, vingt. Pars, maintenant, je t'en prie. Lâche ma main, ma jolie, tu en trouveras une autre, plus forte et plus solide, celle dont tu as besoin et celle que tu mérites. Pars, m'as-tu vu courir ? Moi, je t'ai vue, l'autre jour, ralentir pour ne pas me perdre. Je suis fatigué. Va-t'en. Oui, je sais que tu m'aimes, ne le répète pas. Tais-toi. Je ne suis pas encore mort, mais je te dis non, va-t'en.

Elle obéit. Elle part.

Pan, ressent-elle dans son sang. Elle tombe. Sur la grande artère, on la ramasse. On trouve dans ses papiers le nom d'une personne à joindre en cas d'urgence, mais, quand le téléphone sonne, l'homme ne répond pas. Il croit que c'est elle, déjà, qui le rappelle, et il ne veut pas qu'elle revienne.

Elle n'a pas de souffle au cœur, sa veine est en danger. On lui parle d'oblitération. Clouée sur le billard, on va lui fendre les côtes, écarteler son dos, et retirer son cœur, le temps de réparer, le temps de la sauver. Bien sûr, elle peut mourir. Intervention périlleuse. Et le médecin frémit, prépare une décharge qui tient en plusieurs pages, manuscrites, avec des mots de deuil, déjà, et au cas où. Il prévient, met en garde, s'assure. Ce n'est pas de sa faute, si elle passe l'arme à gauche pendant qu'il intervient. Ça rate parfois, voilà. Il faut le savoir, et c'est comme ça. Je ferai avec, se dit la femme.

Je ferai sans elle, se dit l'homme, sans savoir qu'elle lutte pour continuer à vivre. De son côté, il soupire, chaque fois qu'il fait un pas. Il se tient les côtes entre les bras. Il rougit, seul au monde, quand soudain il se rappelle qu'un jour il a chanté, pour avoir l'air jeune. C'était dans la voiture. Il a baissé la vitre, et de sa main libre, dehors, il a claqué des doigts. Mais il était heureux, encore, à cette époque.

Le cœur de la jeune femme peut l'abandonner, n'importe quand, un jour. Une veine claque. Elle prend garde, jusqu'à l'opération, mais à quoi, elle ne sait pas, et ça, on ne le dit pas. Elle court moins, elle respire, sans trop approfondir. Elle ne se penche pas, elle sent qu'il ne faut pas. Elle imagine sa veine qui se plie et puis rompt, alors elle se tient droite.

L'homme se souvient de tout et ne pense qu'à elle, il boit et ça ne part pas. Avait-il l'air bien fou, bien jeune, quand il l'emmenait dîner avec quelques amis ? Et se rendait-elle compte qu'il était mal à l'aise ? Elle lui prenait la main, sous la table, et elle disait à son oreille Allez, viens, on y va, c'est avec toi que je veux être, maintenant, n'attendons pas. Elle savait que ça ne durerait pas.

Quand on lui trouve cette mauvaise graine enfoncée dans la veine, la femme reste dans son coin, elle fait comme si de rien n'était. Mais la nuit, dans son cœur, elle sent que ça sonne, une alarme, un ressort, quelque chose de vivant qui va la tuer.

L'homme boit, il boit encore, et quand quelqu'un lui demande si ça va, il répond qu'il aimerait boire le sang de la jeune fille. La jeune fille, répète-t-il à d'autres qu'il ne connaît pas et qui pensent qu'il débloque, déjà en route pour l'au-delà. L'homme devient fou.

C'est comme une machine. C'est comme un moteur. C'est comme une pompe. On va sortir son cœur, le faire tourner à vide, pendant qu'on le réparera. La femme voudrait se confier, à son homme, au vieux, lui parler de pièces détachées, comme a fait le docteur, mais en moins clair, elle chercherait à épargner ses nerfs. Elle dirait Opération à cœur ouvert. Elle attend qu'il revienne. Mais elle n'ose pas l'appeler. Elle trouve que ça sonne faux, que c'est trop bien tombé, elle qui venait de lui dire qu'elle mourrait peut-être la première. Elle est certaine, pourtant, qu'il la trouverait jolie, avec ses veines bleuies et ses tuyaux dans le nez qui font comme des colliers autour de son cou froid. Elle sent, malgré l'alcool qui a lustré sa peau, la trace de ses baisers. Il l'a si bien aimée.

L'homme embrasse les draps, il part de chez lui. Un jour, elle y viendra. Mais il ne sera plus là. Il cache la clef dehors.

Elle promet, mais à qui, d'être forte et de lutter. Elle ne peut s'empêcher de regarder le ciel et de lui remettre son âme. Elle a peur de mourir. Personne ne l'accompagne, il ne l'attendra pas. Elle lui laisse une lettre, c'est comme un testament, si elle ne revenait pas, on la lui remettrait, sans doute, la larme à l'œil, la main gantée, le souffle bas, tenez monsieur, prenez, pleurez mais ne souffrez pas. Il l'ouvrirait, cette lettre-là, pas comme les autres qui reviennent jusqu'à elle, par petits lots, dans de grandes enveloppes qu'elle soupèse, croyant y découvrir son avenir. Mais il n'écrit jamais un mot pour accompagner le courrier renvoyé, pas même ouvert, dans lequel elle lui dit doucement que ça ne passe pas.

L'homme marche, il boit, et ça lui scie les jambes, lentement. Il s'arrache les cheveux, les garde dans ses mains, les fourre dans ses poches, par moments les ressort et les passe sur sa joue. En fermant bien les yeux, il arrive à sentir le parfum de la jeune fille. Mais, quand il tend la bouche pour avoir un baiser, quand il ouvre ses lèvres pour la laisser entrer, ça lui coupe le souffle. Alors il commence à tousser.

L'infirmière sourit à la jeune femme, l'anesthésiste dit que, pour dormir, il suffit de compter jusqu'à dix. Vous le promettez ? demande-t-elle. Elle craint d'être encore réveillée quand on commencera à couper.

L'homme marche. Il pense à elle. Il regarde les autres, les couples et leurs enfants. Il lui manque

quelque chose, au bout du bras. Sa main. Il boit.
Il rôde. Il boit et se souvient, boit encore, titube,
s'écroule dans le bac à sable. Et les enfants inter-
rogent leur mère. Ils veulent savoir s'il mord, le
monsieur sale souvent couché n'importe où dans le
bois, depuis des jours. C'est bizarre de s'envelopper
comme ça, dans un vieux drap.

Le bloc est prêt, en bas. Un brancardier arrive,
s'empare du lit mobile de la femme au cœur blessé.
Il est temps de la descendre et de le lui arracher.

Un ballon cogne sa tête. L'homme ouvre grands
les yeux. Il voit un petit enfant se pencher sur lui
doucement. Il lui attrape la main. Une vive douleur
traverse son bras droit. Son cœur éclate, d'un coup.

Dehors, l'autre cœur saigne.

Scène de ménage

Au cas où tu l'ignores, imbécile, je suis la fille de nos parents. As-tu vraiment tout oublié ? Que comptes-tu faire de nous ? Tu m'accuses de ne pas savoir me tenir correctement lors des successions, tu dis que je remets ça, mais de quoi te mêles-tu ? Je veux cette commode. C'est la commode de papa. Maman avait promis de me la donner. Il n'y a aucune raison pour que ce soit toi qui l'aies. Tu ne la mérites pas, tu ne comprends rien à cette commode. Et je hais ta femme.

Je te prie de te calmer et de ne pas mentionner Solange dans nos disputes. La pauvre n'y est pour rien et n'outrepasse jamais son rôle de témoin muet. Je sens la colère te gagner, et je te répète ce que je te disais dans ma précédente missive : tu réagis mal au moment des successions. Déjà, à la mort de papa, j'ai peu apprécié ta façon de vider son armoire, profitant de la tristesse de maman pour la voler. Je me suis tu, ne voulant pas la traumatiser avec des histoires, mais rien ne t'habilitait à te servir. Rien du tout, même, crois-moi ! Tu as de la peine, je le conçois, je me permets d'ajouter que j'en ai aussi, mais cela n'excuse en rien une mauvaise conduite. Tu agis comme une mégère. N'espère pas, aujourd'hui, obtenir cette commode, qui trouvera très bien sa place à côté de l'armoire de mon salon, comme l'a voulu maman. Je te signale, au passage, que tu n'as pas été oubliée. Tu as même eu une console ! Sers-t'en, au lieu de larmoyer auprès de ton frère qui tient de moins en moins à le rester. Ne me pousse pas à te dire des choses désagréables. Tu le regretterais. Rien n'est plus comme avant.

Tu n'as jamais été capable d'écrire une lettre, ni de soutenir un exposé, c'était moi qui t'aidais, te conseillais, t'épaulais. Je sais très bien que ces mots écœurants te sont dictés par Solange. Tu n'en finiras donc jamais de me gifler. Laisse-moi au moins ouvrir cette commode et te montrer le papier que maman y a sûrement caché pour qu'elle me soit léguée, si ta rastaquouère ne l'en a pas déjà retiré. Je ne crois pas un mot de ce que tu me racontes sur l'inventaire notarial. Je sais que tu mens. Les meubles étaient étiquetés. Et, comme par hasard, les étiquettes se sont envolées. Comment as-tu pu changer à ce point ? Tu étais taquin, pas méchant. Je veux ma commode. Celle dans laquelle papa rangeait son pick-up et les disques qu'il aimait, et dont tu t'es toujours éperdument fichu. Je la veux et je l'aurai, même brisée, même en planches, est-ce que tu m'entends ?

Arrête de crier comme ça. Pour t'entendre, on t'entend, tous estomaqués, ici, tes neveux y compris, sache-le, choqués que tu pérores de la sorte. Nous allons finir par t'exclure de la famille, on dirait que c'est ce que tu souhaites et, au fond, tu ne devines pas à quel point tu le mérites.

Comment oses-tu rejeter ainsi nos jeunes années ? Rends-moi ma commode. Cette commode, c'est ma vie. Elle symbolise pour moi papa et maman réunis.

Tu as eu le secrétaire.

Papa disait toujours que tes méthodes me tueraient.

Nous avions dix ans. Ne confonds pas tout. Et concernant papa, tu ferais mieux de te taire.

Je n'ai pas d'ordre à recevoir de toi. Je ne confonds rien et, surtout, je confonds si je veux.

Pour la dernière fois, écoute-moi, je t'en prie. Ta réaction est folle et affligeante. Tu vois le mal là où il n'y en a aucun. Je n'ai fait que respecter à la lettre les consignes de maman. T'opposer à son testament n'est pas digne. Redresse un peu la tête et respecte sa mémoire. Ton mari est parti. Je commence à comprendre ce qui a pu motiver sa fuite et son courroux.

Les mots que tu emploies sont grotesques. Je te
rappelle que tu n'as pas pu aller plus loin que le
brevet des collèges, alors laisse le courroux à qui
sait l'employer, et surtout pas à Solange, ce béni-
oui-oui. Si tu veux le savoir, c'est moi qui ai montré
le chemin de la porte à mon mari, et, au moins, il
ne s'est pas permis de partir avec mes affaires. Mes
relations amoureuses n'ont pas à interférer dans nos
échanges. Tu t'es toujours moqué de mes compa-
gnons, par possessivité, sans doute, mais aucun
d'entre eux ne m'a jamais volée. Pense à la droiture
de papa, et regarde-toi dans une glace en te demand-
dant si tu ressembles vraiment au fils qu'il aurait
mérité d'engendrer.

Possessif ? Moi ? Je me fiche de tes histoires !
Comme disait papa, tes hommes ne risquaient pas
de faire de l'ombre à ceux de la famille. Il faut
reconnaître que ce défilé d'idiots nous a toujours
beaucoup amusés et nous te devons d'innombrables
fous rires ! Je me remémore à loisir ces dimanches,
assis ensemble pour le thé, dans l'attente du nouvel
âne rougissant, qui découvrait l'assiette de macarons
que maman confectionnait, pour le plaisir de tous
nous voir piquer du nez. Et toi, rayonnant chaque
fois comme si c'était le bon, trop maquillée, déjà
vilaine ! Tant pis, c'est dit. Comme on a pu espérer !
Mais tu revenais vieille fille. Ton mari était peut-être
le mieux de tous, et pas le plus bête finalement,
puisqu'il est parti.

Tu es monstrueux. La jalousie te fait dérailler. S'il m'arrivait quelque chose, sache que tu en serais responsable. Mais, en attendant, rends-moi ma commode.

Chantage, il y avait longtemps ! La mort de madame ! Dieu sait qu'on y aura cru ! Mais ça ne marche plus. Madame se flingue, et tout le monde s'en fiche. Tu as trop crié au loup. Tu nous as si souvent contraints à venir, affolés, dans ton petit chez-toi, où tu larmoyais, le peignoir dégoulinant. Nous craignions ton suicide. Notre pauvre mère se rongeait les sangs. Tais-toi maintenant, fous-nous la paix, et va donc trier les photos qu'on t'a laissées. Tu en trouveras peut-être une de toi, ces jours-là, et en voyant la gueule que tu tirais, tu comprendras notre lassitude.

Je te prie de ne pas employer le « nous » pour signifier le « je ». Tu as le don de tout mélanger. On a cru avoir guéri ta dyslexie, mais on en a oublié de se pencher sur ta cervelle. Elle est creuse. Une assiette à soupe. C'est ce que papa disait, non ? Il a été patient avec toi, il n'a jamais montré sa déception, mais, à moi, il confiait ses doutes sur ton avenir, sur tes capacités à réussir. Aujourd'hui, je me rends compte que tu souffres aussi de quelques problèmes de mémoire. Sinon, tu te souviendrais combien de fois je t'ai aidé et couvert, et tu me le revaudrais, c'est comme cela qu'on agit, entre gens bien. Oui, je t'ai couvert. Auprès de Solange, entre autres. Par égard, je n'en dis pas plus, puisque j'imagine qu'elle lit à haute voix cette missive, juste au-dessus de ton épaule, celle sur laquelle elle se penche pour te faire signer des chèques. Rends-moi ma commode et n'en parlons plus.

Inutile de poursuivre. J'ai coupé les pieds de ta commode pour m'en faire des échasses et pouvoir dignement te regarder de haut. Mais je te laisse un tiroir. J'y tiens. En y clouant une planche pour fermer le dessus, et deux poignées de chaque côté, tu trouveras aisément à quoi ça peut te servir. Solange s'occupera des couronnes.

Ton grand frère.

P-S : Je joins à cette missive ce qui te revient de droit. Pendant que je sciais le bois, j'ai découvert une cachette, et une lettre s'en est échappée. Elle est de maman et m'est adressée. Je t'avais promis de partager les papiers. Alors je décide qu'elle te revient. Ça me fait plaisir.

Mon Gérard, mon chéri,
Tu es au courant, je le sais. Merci de ne m'avoir rien reproché. Ta sœur ne m'a jamais questionnée sur ses yeux bleus. Ceux qui m'ont fait tourner la tête pendant que ton père était en mission. Tu as été parfait. Vous avez été parfaits. Ton père l'a élevée comme sa fille, et tu feras en sorte de respecter sa mémoire en te taisant. Ne dis rien à

ta sœur, elle a assez de peine avec ses histoires d'hommes.

Je t'embrasse, mon chéri, et de là où je suis, je te vois et je t'aime.

Ta maman.

Mort au rat

Quelquefois, je pose une question, et, au lieu de me répondre, mon mari répète, sur un ton imbécile, ce que je viens de demander. Pour les grands événements, je prépare du foie gras agrémenté d'une gelée au porto, et il se délecte toujours devant les invités, en demandant C'est toi qui l'as faite, mémère, la bonne gélatine posée sur le pâté ? Je ne sais pas d'où lui vient ce besoin de me dénigrer. Si je fronce les sourcils, il me donne un coup de coude, pour dire qu'il plaisantait. Il m'épuise. Il faut dire que je n'ai pas réussi à dormir une nuit complète depuis des années. Il ronfle et ne me laisse dans le lit qu'un tout petit bout de place. Dès que je dors, il s'excite contre mon dos, ça me réveille. J'accepte qu'il me prenne ; ensuite, il s'endort, mais, moi, je n'ai plus sommeil. La nuit, il est gentil et tendre ; quelquefois, il m'embrasse dans le cou. Mais, dès que j'ouvre un œil, je deviens son objet, ou parfois sa souris de laboratoire. Il adore m'utiliser pour des expériences. L'été dernier, il m'a imposé un rationnement en eau, juste par curiosité, pour voir comment je serai, d'ici quelques années, avec la peau plissée. J'ai été déshydratée, réanimée, et, depuis, je perds mes forces rapidement.

Ce soir, une fois de plus, nous nous sommes disputés. Tout a commencé quand j'ai dit que j'étais fatiguée. Je m'étais occupée de concocter les pièges pour les rats de la cave, comme il m'a appris à les faire, en camouflant le poison dans des petits canapés joliment présentés. Le rat est subtil, il ne mange pas sa mort comme ça. Encore dans la cuisine, je préparais les gâteaux que je dois livrer, demain, à la vente de charité, mais il a surgi derrière moi et il a baissé ma jupe, d'un coup, comme ça. La tête me tournait, il m'a fait sursauter et je me suis brûlée. Alors j'ai pleuré et, quand il a soulevé mon menton pour vérifier mes yeux et voir si c'était vrai, je me suis excusée. Il a dit C'est ça, pleure. J'ai remonté ma jupe, mais il l'a arrachée, m'a tenue sur la table et m'a plongé la tête dans le tas d'épluchures. Fatiguée ? a-t-il dit, ça va te requinquer. Sa taquinerie dépasse les bornes.

Pendant que je me lavais la figure, souillée par les pelures, il s'est enfermé dans notre chambre. J'ai craint qu'il ne fasse la tête, mais il est tout de suite descendu quand je l'ai appelé à table. Il avait enfilé sa veste beige, un short rouge et des croquenots foncés, exactement la tenue de l'individu dont je lui ai souvent parlé et qui m'a jadis agressée. Entrant dans la cuisine, mon mari m'a plaquée au sol et il m'a bâillonnée. Puis il a dit Surprise ! en éclatant de rire. Après, pendant le dîner, il n'a cessé de répéter qu'il n'oublierait jamais sa petite femme recroquevillée, par terre, en train de hurler. Il m'a promis de réessayer. Il a même dit Dommage qu'on n'ait pas de petits, on aurait ri !

Il en voulait pourtant, mais je n'ai pas réussi à engendrer la vie. J'ai échoué en route. Je les ai gardés en moi jusqu'à sept mois. C'est arrivé trois fois. Ensuite, il m'a demandé de me faire ligaturer, il ne voyait pas l'intérêt de ces fausses joies. Tu ne peux pas, tu ne peux pas, disait-il sans arrêt. J'ai accepté d'être stérilisée. Il a juste pesté, maugréant que jamais, à cause de moi, il ne goûterait à mon lait. Je n'ai pas pu déprimer, il ne le supporte pas. Alors, j'ai traîné une mélancolie, en cachette. Mais, me trouvant secrète, il m'a demandé ce que je trafiquais et un jour, exaspéré, il m'a giflée.

Quand, ce soir, nous sommes sortis de table, il m'a félicitée pour le plat, et ça m'a fait chaud au cœur, quand même. Ça m'a fait oublier l'agresseur. Il a juré que mémère était bonne cuisinière. Mais, comme il ne peut pas supporter de me complimenter, il a ajouté qu'il n'avait pas assez mangé. J'aurais sûrement aimé qu'il me surnomme beauté ou ma douce. Je ne sais pas ce que ça fait lorsqu'un homme rentre du travail et dit Tu m'as manqué.

Viens par là que je te broute, a-t-il susurré en me fessant, j'ai encore faim, je te dis, éclate-toi, oublie tout. Je n'étais pas d'humeur et je n'ai pas pu prendre de plaisir. Lorsqu'il a eu fini et que je suis allée dans la salle de bains me nettoyer, il m'a enfermée à clé en me traitant de peine-à-jouir. Monte donc sur ton bidet ! Frustrée, boudin, sac à merde ! J'ai tambouriné, avant de lancer mollement Mais puisque je te jure que je suis comblée… Il était déjà loin.

Il doit s'être endormi devant la télévision. Avec un peu de chance, il va se calmer. Mais, s'il s'énerve encore, à cause du résultat des élections, il risque de tarder. J'aurais mieux fait de m'abstenir. Quand je vote, déjà que je vote, et qu'il n'aime pas ça, il me demande, au moins, de voter comme lui. Et je lui promets de le faire, mais je vote contre lui, toujours pour quelqu'un d'autre. J'ai le cœur qui bat fort quand je le sais, juste là, derrière mon isoloir. J'ai toujours peur qu'il s'aperçoive que je le trompe, même dans le noir. Tout à l'heure, l'adjoint au maire m'a proposé de passer la soirée au bureau de vote, pour dépouiller, mais mon mari a refusé. En rentrant, il m'a accusée d'avoir minaudé et s'est plaint de promener une traînée. Je n'ai pas eu le temps de nier, il est parti au café.

Ça me rappelle que, trop occupée à préparer la kermesse, j'ai oublié de lui dire de descendre installer mes pièges à rats. J'essaierai d'y penser quand il viendra me chercher. Peut-être qu'il s'excusera. Ou bien, pour m'embêter, il peut aller se coucher et choisir de me laisser là jusqu'à demain matin. Après tout, peu importe, je ferme les yeux. Pour dire la vérité, mon bidet est un allié. J'ai souvent, en pensée, nettoyé grâce à lui la semence de mon époux. Lorqu'il m'interdisait d'aller laver ce qu'il venait d'éjaculer, je pensais à mon bidet et, même mentalement, elle me faisait du bien, cette eau claire coulant sur l'émail blanc. En plus, mon bidet ne ronfle pas, il sent le propre ; peut-être que cette nuit, enfin, comme l'été de mes douze ans, en vacances dans le Sud-Ouest, je vais m'endormir sans qu'on m'ennuie, caressée par ce parfum estival, apaisant, de pin des Landes. Si ce n'est pas le bonheur, ça lui ressemble.

Le problème, me dis-je, mais le sommeil me prend, ce sommeil de jeune fille, oublié depuis quinze ans, le problème, peut-être, serait qu'il ait ingurgité, devant son programme télévisé, le déjeuner des rats, pensant avaler un de mes plateaux préparés pour demain, la fête, midi, la vente de charité.

Thérèse décline

Nous avons vingt ans d'écart, et elle a beau adorer sortir et faire sa gymnastique, consciencieusement, quatre fois par semaine, elle a quand même vingt ans de plus que moi, une coxalgie de la hanche, et ça ne va pas aller en s'arrangeant. Elle était âgée de quarante-quatre ans lorsque je l'ai connue, et, il y a peu de temps, je l'ai épousée ; c'était mon cadeau pour le vingtième anniversaire de notre rencontre. Je suis tombé dans le mille. Je l'ai sentie touchée, satisfaite. Seulement, depuis, elle prend ses aises.

Avant, c'était bien. Elle me laissait libre, elle disait que je devais vivre les choses de mon âge. Prête à les partager avec moi, elle prenait garde à ne pas m'étouffer. Mais récemment, dans une soirée où elle avait tenu à m'accompagner, j'ai évoqué en public mon désir de paternité. Thérèse a d'abord crié, pleuré, puis je l'ai vue raccourcir ses jupes, rougir ses lèvres.

Plus ça va, plus je vais être, hélas, enclin à la tromper. Elle le sait, elle encaisse. Je ne dois pas la quitter, c'est la seule chose qui lui tient à cœur. Rien ne m'empêchera de le faire, pourtant, si j'ai un coup de foudre. Mais ça va encore. Un souvenir commun, un gratin de courges ou du sucre à la crème, ses divines spécialités, viennent toujours me surprendre à temps.

Elle est quand même mignonne. Elle a écouté mon conseil et s'est inscrite comme volontaire pour tester des médicaments. À son âge, il est temps d'œuvrer pour gagner son paradis. Avec sa paye, elle s'offre des capsules et des crèmes de jouvence, mais, parfois, elle ne peut résister, alors c'est moi qu'elle gâte. D'ici à ce que ce soit moi qui me mette à rajeunir, il n'y a qu'un pas.

Au restaurant, il nous arrive parfois des tuiles. Hier, la serveuse a admiré le joli couple que je formais avec ma maman. Alors, Thérèse m'a reproché de ne jamais l'embrasser en public, d'être trop peu démonstratif et de lui infliger ce genre de désagrément. Mais, quand je suis tendre, j'ai peur qu'on pense que je couche avec ma mère. Ce qui ne risque pas d'arriver, puisque je ne la vois guère. Elle n'est jamais parvenue à s'entendre avec Thérèse.

Il faut dire que Thérèse a horreur des amies de son âge. C'est comique, et même « cosmique », pour reprendre son expression choisie des dernières semaines. Elle s'entoure de jeunes copines, sans se soucier de savoir si elles ont quelque affinité avec elle, ni si elles sont à mon goût. Ce qui risque d'ailleurs de lui attirer des problèmes, parce que je ne suis pas en bois. Bon nombre de jeunes filles m'agacent avec leurs jacasseries, et, quand Thérèse s'y met, il m'arrive d'être désobligeant et de la traiter de courge.

Thérèse adore danser, alors on sort en boîte de nuit, bien que je préfère les dîners en petit comité et les conservations d'un niveau convenable. Dans les discothèques, elle me contraint au déhanchement. Thérèse dit que je suis vieux jeu, plan-plan. La nuit, elle me saute dessus et m'épuise ; forcément, je ne prends pas de DHEA. Pour tenir le choc, elle avale quantité de vitamines et s'étonne ensuite de ne pas dormir. Elle se dit couche-tard et lève-tôt, mais je la crois plutôt insomniaque. Récemment, elle s'est plainte de mes ronflements. Un problème au voile du palais, voilà ce qu'elle m'a trouvé ! Voudrait-elle que je lui parle de son voile devant les yeux ? Je pourrais commencer par le nom que ça porte. Cataracte, ma vieille. Tu m'entends, au moins ?

Hier, elle a utilisé un mot pour un autre. Tu ne devineras jamais ! m'a-t-elle lancé en rentrant à la maison. En sortant de l'agence, j'ai rencontré la vue sans chauffage !

Après un sursaut, elle s'est immédiatement reprise.

— Qu'est-ce que je raconte ! Le radiateur ! Oh, flûte ! L'hôtel, là, le gars ! Tu vois de qui je parle ?

Elle voulait parler de Charles, le directeur de l'hôtel avec vue sur la mer et sans chauffage où nous avions jadis passé un week-end. C'était simple.

Calmement, afin de lui mettre le nez dans ses saletés, je lui ai recommandé d'arrêter les vitamines.

— Ça te rend survoltée. Tu mélanges tout.

— Oh, ça va ! Tu ne dis jamais un mot pour un autre peut-être ?

Comme ma mère, elle prend la mouche. Je l'agace avec mes phrases complètes et sensées. Elle se sent humiliée par mon esprit de synthèse, mais je ne peux tout de même pas apprendre à radoter pour éviter de la blesser. Tout part en vrille. Qu'y faire ? Elle est comme mon vieux cheval, mais je ne peux pas l'abattre. Ma mère m'avait prévenu, elle savait bien qu'un jour l'écart d'âge se ferait douloureusement sentir.

Notre vie va tourner au calvaire. C'est écrit. Sur ses rides et dans notre lit. Au fond, j'aimerais qu'elle me quitte pour un autre. Existe-t-il, quelque part sur la terre, une forme de déviance prolongeant la sexualité des grabataires, tout en réjouissant certains pervers ? Elle doit partir. De dos, son petit squelette transparaît déjà, quand elle porte des tenues en tissu léger.

Un type de son bureau lui court après, prétend-elle. Eh bien qu'il coure ! Et qu'elle lui coure devant ! Concours de fémurs ! Allez les vieux ! Il a son âge, frais divorcé, sans enfant, il aime le bateau et le chocolat, c'est tout ce qu'elle sait de lui pour le moment. Il lui a dit, aussi, qu'elle ressemblait à un Picasso. Tout est de travers sur votre visage, a-t-il détaillé, le nez, les yeux, la bouche. À dire vrai, je lui trouve de l'esprit. Et je profiterai de la soirée annuelle de l'agence pour me faire une opinion plus précise sur cet homme-là. Je verrai tout de suite s'il aime les vieilles, ou pas. Si c'est le cas, je lui offrirai Thérèse, ils partiront ensemble. Elle lui a montré une photo de moi. Elle sait se tenir, elle, quand on l'approche. Elle annonce la couleur : elle est prise. Elle dévoile la preuve en image. À l'inverse de moi, qui ne me suis jamais senti plus libre que depuis notre mariage. Dit-elle. Reproche, encore le reproche. Tout un pays, pour la vieille, ce sentiment-là, une aubaine, un dernier luxe.

Ce soir, je ne danse pas. Je la regarde s'agiter avec ses collègues. Elle m'a présenté Jacques, le quinquagénaire breton. On reste tous les deux, on parle d'elle, on la trouve sympathique, et on dit ce mot-là plusieurs fois. Ça n'augure rien de bon quant à la profondeur de ses sentiments. La fumée le dérange, alors on sort marcher dans le jardin. Il me parle de plaisir à fuir et à partir, à voyager loin de tout. Il demande si ça me dirait de l'accompagner.

Et Thérèse ne voit rien. Elle grignote au buffet avec deux-trois copines, enfin elle fait semblant, mais maigrir ne la fera pas rajeunir. Elle se remplumera, un jour, en gagnant ses deux ailes. Ce sera bien, elle sera belle.

Elle a l'air satisfaite que je parle avec Jacques, elle pense que je veille au grain. Jacques me confie qu'il n'arrive plus à dormir depuis qu'il m'a vu en photo. Il s'est rapproché de Thérèse pour essayer de deviner sur sa peau le bouquet de la mienne. Mais je suis là, maintenant. On est là, face à face. Et ce n'est pas ma photo qu'il embrasse.

Voyages

Je suis sortie de chez toi, je me suis accroupie contre le mur chaud, j'ai entrouvert les lèvres et j'ai perdu ma sève. Quand je me suis relevée, l'arbre de l'allée était déraciné, il attendait, couché, qu'on vienne le découper. Un homme avec un casque a vu mes larmes ; étonné, indécis, il a dit Vous pleurez. Et j'ai baissé la tête.

L'amour était fini. Je partais le ventre plein, ni creusé par la faim, ni tiraillé d'ennui. Alors j'ai continué à marcher, et je ne me suis pas arrêtée. Je sentais tomber les feuilles de l'arbre, j'entendais le bruit des hommes avec les tronçonneuses, mon écorce se fendait, j'étais nue, je m'éloignais. Je ne savais pas sous quelle forme le vide parlerait. Quand il est venu, je l'ai reconnu. Il te ressemblait.

Ce n'était pas un puits, un fossé, une fissure, ce n'était pas un manque, mais plutôt une présence, une masse, bien en place, tu étais là, dressé mais intouchable. Le vide avait une forme, un volume. Face à lui, je n'ai pas eu l'impression de m'enliser, mais de grandir. Et de m'y accrocher plutôt que d'y sombrer. Ton absence, c'était toi, disparu, peu m'importe, c'était toi quand même, dès le matin, penché au-dessus du lit. Tu disais les mots, comme avant, à ce soir, je t'appelle, dors encore, reste couchée, je dois partir, je n'ai pas envie de café, j'irai le prendre plus tard. C'était toi, soudain, qui me téléphonais, et je tremblais, car je n'entendais pas, et si je te demandais de répéter, plus distinctement, d'arrêter le bruit de ta moto, je savais que tu t'impatienterais, alors, au hasard, j'acquiesçais. Et puis je te rappelais, pour ne pas rester sur l'impression violente de s'être mal parlé, et je t'imaginais dans tes jardins secrets, en cultivant le mien que je te raconterais. Je respirais avec toi, et puis soudain plus rien.

Tout me revenait, du passé, ni imprécis, ni flou, ne s'éloignant jamais, et je trouvais bizarre que rien ne cesse, même ton appel du soir, que j'attendais, malgré tout. Je me souvenais de toi, retombant dans le coton, dans mes bras, la maison. Ensemble, on faisait silence, les yeux au fond des yeux, ça laissait de belles traces.

J'allais dormir, seule, et je me cognais à toi, parce que tu m'attendais, encore, la nuit, tout près. Je m'allongeais, sans toucher au drap qui recouvrait ton côté. Tu disais de ta vie qu'elle serait un voyage, j'avais terminé le mien aux coins de ton visage. Je t'ai fait disparaître.

J'ai accepté de dîner. L'homme était différent, il se tenait loin de moi, je me suis collée à lui. Il m'a

pris la main gauche comme pour me faire jurer, j'ai
embrassé ses doigts, je me suis laissé aimer, il est
entré chez moi et, sans prendre ta place, il a trouvé
la sienne, et le chien est venu tout contre ses genoux,
et le chat a joué, personne ne t'a trahi, mais tout le
monde a suivi, l'enfant a vite relevé les yeux qu'il
avait fait tomber, il a donné sa joue, son oreille, et
sa main ; ensuite, l'homme a trouvé comment faire
avec moi. Il a posé son linge. Il a mangé ton pain.
Je ne l'ai pas regardé, pas souvent dans les yeux, je
craignais, étonnée de ne pas comprendre, la nuit,
qui dormait à côté. Quand on faisait l'amour, je ne
pensais pas à toi, j'étais seule avec lui, aussi seule
avec moi, mais, si je le regardais, tes contours se
perdaient, et je ne comprenais plus qui j'étais. Il a
fallu du temps, un moment, un instant. Doucement,
dans ma tête, avant d'ouvrir les yeux, je me suis
préparée, j'attendais qu'il s'endorme pour apprendre sa forme, je savais que ce serait lui, désormais,
à côté, mais la journée, encore, je gardais les yeux
baissés. J'ai senti que mes feuilles commençaient à
repousser.

Alors que du tronc mort on faisait un grand feu,
j'ai regardé au ciel. Quand j'ai levé le nez, décou-
vrant son visage, j'ai su que je partais pour un nouveau voyage.

Train-train

Je suis gelée. Je ne comprends pas pourquoi on est assis face à face. J'avais demandé des places côte à côte, et pas dans un carré. Tu veux un sandwich ? J'ai mis des olives, c'est Poupette qui m'a donné l'idée. Son fils met toujours des olives, ça relève le goût du rien et ça mouille le pain, c'est un bon cuisinier, même s'il est déprimé. Il jardine très bien. Il bêche à l'ancienne. Il clone des roses. Pourquoi tu tires cette bobine-là ? C'est vrai. Il clone des roses. Je suis agacée par ces places en carré. Prends une serviette, ça t'évitera de te tacher. D'ailleurs, qu'est-ce que tu m'as fait sur le col de ta veste ! Ah non, c'est une ombre. Ouf.

Ouvre-la, tu es engoncé, tu vas être mal. Au moins un peu. Ouvre-la. Le bouton du haut. On demandera au contrôleur pourquoi on est dans un carré. Tu lui poseras la question, d'accord ? C'est toi qui parles. Parce que c'est toujours moi qui demande, c'est comme au restaurant, je ne devrais pas avoir à réclamer le sel. L'autre jour, j'ai commandé l'eau aussi, tu avais oublié. Je n'aime pas trop ça. Ce n'est pas à la femme de le faire. Tu le sais très bien en plus.

Ils sont sales, ces trains. On aurait dû prendre la voiture. Au moins, on n'aurait pas eu de voisins. Mets ton sac sur le siège, quelqu'un risque de s'asseoir à côté, tu le fais exprès ?

Fais voir ! Tu as oublié de te raser sous le menton, je me demande bien pourquoi je t'ai acheté des lunettes-loupes, tu ne les mets jamais. C'est dingue, cette manie de tout faire à moitié. Au guichet, l'agent m'avait promis de bonnes places ; depuis son ordinateur, il avait le contrôle des carrés. Taratata ! Encore un beau parleur !

Pourquoi tu ne manges pas ? Repose-toi un peu, mais ne laisse pas trop traîner ton sandwich quand même, avale-le donc, on ne plaisante pas avec les denrées périssables. Comme tu veux, dors. Ce que je dis ou rien ! Rends-le-moi, je vais le remettre contre les glaçons. Si tu m'attrapes une hépatite, je ne te soigne pas, je te préviens. Tu vas encore aux toilettes ? Laisse ton téléphone, je ne vais pas te le voler !

Pendant que tu étais aux toilettes, ça a couiné. Oui, le téléphone. Je n'ai rien touché. Et un sans-gêne est passé avec une cigarette. La zone est non-fumeurs, si je ne m'abuse. Veux-tu ton sandwich à présent ? Le contrôleur ne va pas tarder, prépare ta carte, tu as les billets ? Tu as oublié ta carte ? Mais bon Dieu ! Pourquoi ne la ranges-tu pas avec tes autres papiers, pourquoi la retires-tu de ton portefeuille ?

Une amende, c'est certain, on va avoir une amende, bravo ! Tu as ton passeport au moins ? Ça pourra peut-être passer, si le contrôleur est conciliant. Il va nous croire, sur notre bonne foi. Je vais lui parler, je vais lui dire, moi, que tu es senior et grand voyageur. Hier, Poupette me faisait remarquer que tu fais beaucoup plus jeune que ton âge. Elle a raison. Un vrai gamin.

Tu devrais lire ce bouquin, je l'ai pris pour toi, je l'ai terminé hier. Tiens-toi un peu au courant des choses dont on parle. Ça peut nous permettre d'échanger. Sur ce livre, on peut dire ce qu'on veut, on aime, on n'aime pas, mais il y a quelque chose. D'ailleurs, Poupette l'a lu.

Encore ce portable ! Mais éteins-le, tu n'as pas vu les panneaux ! Ce n'est pas un bureau de poste ici ! Tu ne réponds pas ? Pourquoi tu ne réponds pas ? C'est peut-être les enfants ! Un texto, qu'est-ce que c'est ? Ah oui, ces machins écrits à la va-vite. Montre ! Une erreur ? Ah ? Et que dit l'erreur ? Rien ? Montre enfin ! Pourquoi tu l'effaces ? Ça ne t'était pas adressé ? Comment ça se fait ? Tu t'es trompé en manipulant ? Double erreur alors !

Allez ! prends ton sandwich, fais-moi plaisir, tu veux de l'eau ? Si. Bois. Un litre et demi par jour, tu le sais très bien, pourquoi tu me fais répéter ? Dire qu'on aurait pu être placés côte à côte, c'est bête. Tu crois que des gens vont s'asseoir ? Il n'y

a plus qu'une halte avant l'arrivée. Mange. Pour
Pâques, on va organiser quelque chose, ça suffit
maintenant, j'ai proposé aux enfants de venir, mais
on invitera aussi des amis, j'en ai envie, pas toi ?
Une dizaine de personnes. On les logera. Le lendemain, je ferai un brunch, je pourrais demander
de l'aide au fils de Poupette. S'il ne s'est pas tué
d'ici là. Tu ne sais pas ce qu'il a trouvé la semaine
dernière ?

Aux toilettes, encore ? Mais tu es dérangé ? J'ai
peut-être quelque chose contre ça dans mon sac,
descends-le-moi, je vais regarder.

Non. Tout ne va pas bien. Tout va mal. Ça fait
cinq fois que tu files aux toilettes en deux heures
de voyage, tu as un problème. Tu étais tendu la
semaine dernière, ça doit venir de là.

Tu ne t'assois pas, j'espère ? Mais non ! Pas sur
le siège ! Sur le rond ! Tu ne t'assois pas directement
sur le rond ? Quoi chut ? Dans le train, c'est sale.
Il faut s'accroupir, ne jamais s'asseoir. Tiens ! mange
un peu de compote, ça fera glisser si tu te sens lourd,
tu dois te refaire, tu t'es affaibli. Oh ! c'est assommant ton appareil, là ! Quand il ne sonne pas, il
vibre, arrête-le ! Éteins-moi ça ! Qu'est-ce que tu
pianotes ? Tu envoies un texto ? À qui ? Pourquoi
tu pianotes si tu n'écris à personne ?

Et si je m'asseyais à côté de toi ? Si quelqu'un
vient, je ferai semblant de dormir. Tu tenteras de
me réveiller, mais je ne bougerai pas, on n'a qu'à
faire comme ça.

Tu dors ? Tu ne dors pas ? Il y a vraiment des femmes qui ont l'esprit tordu. Jette donc un œil au dossier de ce magazine qui s'adresse à des personnes d'un certain niveau. Féminin haut de gamme, disent-ils, regarde-moi celle-là ! Elle comprend que son mari a une relation adultérine lorsque, à cinquante ans passés, il demande à leur petite-fille de lui apprendre à envoyer des textos. Ce n'est pas Maureen qui t'a montré comment faire, d'ailleurs ? Je ne m'habituerai jamais à ce prénom. Qu'est-ce qui a pris à notre fils d'épouser une femme tellement ordinaire ?

Maureen vient chez nous mardi, je suis contente. Maintenant que tu sais les écrire, les envoyer et les effacer, tu pourras lui demander comment les éviter, les erreurs.

La belle indifférence

Tout le monde a cherché dans ce que j'avais pu manger. La cousine a téléphoné aux autres invités pour savoir s'ils y voyaient. Elle craignait qu'une épice, le curry peut-être, m'ait intoxiquée. Elle s'est interrogée sur les pots de chutney, surtout celui aux courgettes, si raffiné, si cher, acheté dans une épicerie fine. Elle le jure. Pour sa part, elle se rappelle avoir vu des étoiles. Au petit matin, quand même, ce n'est pas anodin ; quand elle s'est levée, ça a tourné. Mais elle a bu de l'eau et c'est passé. Tu as brûlé ta rétine, m'a dit mon mari, comme si j'avais péché, je t'ai vu regarder le soleil en face.

Le docteur sait ce que j'ai. Vous ne voulez plus le voir, dit-il. Il parle de mon mari. Je suis d'accord avec lui. J'y reverrai peut-être un jour, et si l'envie me prend. Ma cécité est dans ma tête, je suis une belle indifférente, et, comme dit mon mari, il vaut mieux entendre ça que d'être sourd.

Je n'en suis pas certaine, car, depuis que je n'y vois plus, il me semble que j'entends mieux. Alors je l'écoute, le monstre, et ses mouches dans la voix, ses camouflés dans la gorge. Il ne m'a pas trahie, il a seulement parlé à son meilleur cousin de sa retraite proche et du contrat qu'il tenait dans sa poche. Et puis, de la maison où l'on va se retirer. Le cousin a posé des questions plus précises sur la région où nous allons emménager, et ma vue s'est aussitôt brouillée, j'ai pensé à des larmes, mais mes yeux restaient secs. La nuit tombait, opaque. Dans la voiture, je n'ai plus rien vu. Et je n'ai rien dit. Étrangement, je me suis sentie rassurée. Il a encore parlé du joli petit manoir. Nous allons nous y reposer. Pourquoi ? ai-je demandé. Nouvelle vie, nouveau luxe, a-t-il juste répondu.

Pour rentrer, j'ai dû lui prendre le bras. En montant l'escalier vers la chambre à coucher, tout est devenu noir. Je me suis déshabillée. Là, j'ai enfilé un manteau de pluie au lieu d'une chemise de nuit, mais il n'a pas tiqué ; j'ai dit que je ne voyais plus, et il m'a caressé les cheveux en m'appelant Chou.

J'ai attendu la chaleur du jour. Il s'est étonné que je ne fasse pas le petit déjeuner. Quand il est parti travailler, je me suis levée. Je connais bien les murs, et je ne suis pas tombée, je ne me suis pas perdue en cherchant le nécessaire pour m'enfuir. Le soir, il m'a trouvée, assise par terre, le baluchon à mes pieds. Il m'a demandé ce qui se passait. Je n'y vois plus, ai-je répété. Il a compris que c'était vrai. Il s'est affolé, agitant ses mains sous mon nez, mais je ne les voyais pas, je les sentais seulement, ces doigts qui avaient signé, trahi, en acceptant une retraite anticipée. Je ne voyais plus, et j'étais bien.

Un choc l'a aveuglée, a observé un autre spécialiste, devant l'œil suspicieux de mon mari, qui ne croit pas à la psychologie. On ne recense, physiquement, aucun désordre particulier, tout dans son œil peut voir, seulement elle ne le veut pas ; ça arrive quelquefois, a précisé le soignant. Revois, vite, ça suffit, qu'est-ce que tu attends ! Puisqu'on te dit que tu peux ! a tenté mon mari.

Et toi, retourne travailler, ai-je lancé sans ciller.

Par moments, j'ai des flashs, des retours de lumière, quand mon mari s'en va. Je me suis servie du dernier pour aller jusqu'à son manteau et fouiller. Là, dans sa poche, j'ai trouvé le plan de la maison. Et ma vue s'est troublée, je n'ai pas pu le regarder. Depuis, parfois, je perds la voix. Le docteur diagnostique. Ça vous arrange de ne rien dire, avance-t-il maintenant. Je l'ai entendu parler de conversion hystérique, un mot barbare qui a sonné mon mari. Il pourrait se renseigner plus précisément sur le sujet, mais il préfère évoquer Lourdes, les guérisons miraculeuses.

La vie continue. Mon odorat se développe. Je ne m'occupe plus de l'appartement, je l'aère ou le condamne dès que mon mari s'en va. Bientôt il sera

là, tout le temps, et c'est avec fierté qu'il mentionne
ses indemnités ; il a obtenu ce qu'il voulait. Mais il
se désespère, il voudrait que je revoie. Ça nous
retarde pour partir dans la maison de campagne.
Parfois, on fait l'amour. Je l'aperçois, au-dessus de
moi, mais ce n'est jamais lui dans mes apparitions.
Très souvent, c'est le voisin, puis soudain une sorte
de hêtre, et une fois, je me souviens, j'ai vu un
grand canard. Il avait deux petites ailes, mais ne
pouvait pas voler.

Quelquefois, je me dis que, si je m'en allais, si
je quittais mon mari, peut-être que je reverrais de
nouveau. Ça me semble très violent, d'avoir perdu
la vue pour si peu, une mise à la retraite et une
jolie maison. Mais ça fait trente-trois ans qu'on
s'arrange pour ne pas se retrouver seuls, face à face,
en vacances, à dîner. Le tête-à-tête va nous tuer.
L'un de nous deux doit crever. Et il ne se l'avoue
pas, croit que ce changement d'air réglera notre
problème. Or, s'il était correct, mon mari s'arrangerait pour faire, avant que je m'y mette, un petit
infarctus, rapide et efficace. S'il continue à vivre,
sans séquelle, si possible, on passera chaque jour
comme un dernier instant. Seuls, la journée, la
semaine, à se regarder, dans cette maison, aban-
donnés de tous, qu'allons-nous faire, en bonne
santé, à part supplier la bande d'amis de ne pas
nous oublier, dimanche, et même de rester dormir ?

C'est mon secret. Ça fait quatre ans que je revois, mais je ne le lui dis pas. Il a loué la maison à mon association, et, quand on part là-bas, avec notre bande d'aveugles, on voyage tous ensemble. On se promène, on discute, on fait des fêtes le soir, et on se couche ivres, et tard.

Nos enfants ingrats

— Ils l'avaient dit, et même promis. C'était seulement pour les vacances. Tu as une idée de ce qui a pu se passer ?

— Aucune.

— Ce genre de désagrément peut nous faire vieillir d'un coup.

— D'un seul coup. Exactement.

— Ça va, ton cœur ?

— Très bien, mon cœur.

— Ça les dérange qu'on se tienne debout. Ce n'est pas très beau de nous gâcher notre vieillesse.

— En quarante-six ans de mariage, nous n'avons jamais eu un mot plus haut que l'autre ou, si c'est arrivé, c'est vite redescendu. C'est toujours de leur faute, quand ça cloche, tu as remarqué ?

— Ils créent une tension.

— Ils sèment la zizanie.

— Exactement. Tout a fonctionné entre nous deux. Tu as travaillé, je les ai élevés...

— ... sans jamais te plaindre ou déplorer une vie professionnelle sacrifiée.

— Comme tu en parles bien ! Le regret, me disais-tu, c'est beaucoup de temps perdu.

— Et j'avais raison.

— On a eu quatre enfants, et ça ne nous a pas empêchés de vivre. On a bien fait d'en profiter, tous les deux.

— Heureusement ! Souviens-toi de Quétel, jamais contente ! Si complexée !

— Ce n'est pas faute de lui avoir fait réduire la poitrine…

— Comme elle le désirait. On a tout tenté pour qu'elle s'arrange.

— On ne pouvait pas deviner que le médecin était un charlatan. À l'époque, les chirurgiens esthétiques ne couraient pas les rues.

— Et puis tout le monde peut se tromper. On vit très bien sans sein.

— De toute façon, ce n'était pas le premier reproche. Il paraît que je ne l'ai pas laissée grandir à son rythme. Le pot à dix mois, la nourriture solide à douze semaines, l'année d'avance, tout cela m'a pris du temps, de l'énergie, eh bien ça ne va encore pas ! En forçant le développement d'un enfant, on le freine et on le bloque à vie !

— Quelle conne avec ses théories ! Elle était bien contente d'être dispensée de piscine.

— Oui ! Son incontinence avait du bon ! Elle ergote aussi sur notre voyage au Brésil, la cause de sa jambe raide.

— Faux ! Et tant qu'elle y est, pourquoi ce rappel de polio oublié ne lui aurait-il pas, aussi, rangé les dents de travers !

— Je me suis donné tant de mal pour qu'elle retire ses doigts de sa bouche. Elle croit que ça nous amusait de l'attacher ?

— Qu'est-ce qu'on va faire, s'ils ne reviennent pas ?

— Ils sont en retard, c'est tout, ne t'inquiète pas.

— Ils pourraient téléphoner.

— S'ils savaient tout ce qu'ils pourraient faire…

— Il faudrait quelqu'un pour le leur souffler.

— Mais qui ? C'est drôle, quand même, pas un de marié ! Enfin si, Apôtre, mais si mal marié que ça ne compte pas.

— Je m'attendais à plus de délicatesse de la part de Clitorine et d'Endémence. Je suis un peu étonné.

— Tu parles ! Endémence monte Clitorine. Depuis toujours ! Souviens-toi du régime de Clitorine. Endémence faisait tout pour qu'elle refuse d'avaler ses mange-graisses.

— Pourtant, ce n'était pas gratuit, ces mange-graisses, mais tu ne l'en as jamais privée.

— On n'a vraiment pas eu de chance. C'était l'enfer de l'avoir à la maison.

— Moins après ses liposuccions. Elle en a été très satisfaite. Elle ne le reconnaîtra jamais, parce qu'elle s'est dépêchée de reprendre tout ce qui lui avait été retiré, mais, pendant un temps, ça facilitait les sorties en sa compagnie.

— Et je t'en prie, ne reparle pas de ce qui a suivi !

— Elle mangeait comme quatre ! On a bien fait de l'enfermer. Tu n'as pas attrapé de scrupule, si ?

— Aucun. Tu te souviens qu'elle rongeait la porte ? Tout ce qu'elle nous a abîmé comme meubles ! Si Apôtre n'avait pas refusé de passer son CAP de charpentier, il aurait pu nous arranger ça.

— Et Clitorine, maigre comme une seiche, qui vomissait tout ce qu'elle avalait !

— Un poème, celle-là.

— C'est le cas de le dire ! Avec les vers ! Cancer de l'œsophage à vingt ans. N'importe quoi.

— C'était pour m'énerver. Plus je passais de temps à mitonner un repas, plus elle jugeait utile de le vomir. Merci pour la reconnaissance.

— Ça doit être ça, la reconnaissance du ventre !

— Oh, mon chéri, tu es bête… Regarde, il y a une voiture !

— Non, ce n'est pas eux. Ils n'ont pas les moyens de nous faire l'honneur d'un véhicule comme celui-là.

— Avant l'été, Apôtre a encore raté son permis.

— Tu me l'as dit.

— Il devrait arrêter de le passer. Il n'a jamais été fait pour ça. Il pleurait déjà dans les autos tamponneuses. Onze ou douze ans, le plus vieux du circuit, et le seul en larmes, à crier Maman, j'ai peur et je ne veux pas ! Quel âne.

— Pédale.

— C'était drôle ! Je payais trois tours, pour qu'il s'endurcisse un peu, et j'étais obligée de le maintenir assis dès que le manège s'arrêtait. Il était rouge, mouillé, il tremblait.

— Quelle chochotte ! Pas étonnant qu'il ait rencontré cette bonne femme. Muette ! Comment est-ce qu'il a pu nous faire ça ? Épouser une muette !

— Du coup, on ne peut même pas compter sur elle pour nous distraire.

— Oh ce que je t'aime ! Tu me fais rire, arrête !

— Ne souris pas.

— Tu as raison. S'ils arrivent, il faut qu'on ait l'air froissés.

— Imagine qu'ils aient eu un accident…

— Les quatre d'un coup ? Ça n'arrive pas !

— Si ça arrivait, on hériterait, voilà.

— Pas de grand-chose.

— Affreux !

— Il faut reconnaître qu'on a engendré des tire-au-flanc. Compte les chômeurs ! Deux sur quatre ! Le troisième est en arrêt-maladie six mois sur douze, et le quatrième n'a réussi à devenir ni pompier, ni vétérinaire, ni footballeur, ni président.

— Ni charpentier.

— Il est comptable, on ne va pas s'extasier ! Comptable dans des entreprises bénévoles, en plus…

— De muets si possible !

— On sait ce que ça vaut ! On connaît tous les trafics d'argent dans les associations, il n'y a pas de quoi être fier. J'aimerais bien ne pas avoir descendu les valises pour rien.

— On demandera à l'accueil de nous les remonter. Ils ne nous refuseront pas ça.

— J'espère que les enfants ont arrosé tes plantes. Avec la chaleur de cet été, s'ils ont oublié, tout sera mort.

— Je ne me fais pas d'illusions. On n'a jamais pu leur demander un service. Endémence a encore dû mettre son grain de sel, et Clitorine l'aura écoutée. Ce n'est pas l'âge qui lui donnera de la personnalité. Il paraît qu'elle aussi nous en veut. Ça vient de sortir !

— Comme ça, au moins, elle veut quelque chose !

— Moi, je suis sûre de nous sur cette affaire-là. Cet homme n'était pas pour elle. D'ailleurs, il est plus heureux aujourd'hui qu'à l'époque. Et puis il ne faut pas exagérer. On ne l'a pas obligé à la quitter, on lui a juste honnêtement parlé de tous ses problèmes physiques, mentaux. On lui a ouvert les yeux.

— C'était courageux de notre part, beaucoup plus difficile que de profiter de l'occasion pour se débarrasser d'elle.

— On aurait pu la laisser filer, mais on a préféré la transparence. Par stratégie. Droiture.

— Honneur.

— Et pas de gaieté de cœur.

— C'est bien, ces nouveaux systèmes. Je regardais encore cette photo, avant les vacances, et on ne voit absolument pas le montage. On croit

vraiment que notre Clitorine pose nue sur le par-
king.

— Oui, c'est incroyable ce qu'on fait aujour-
d'hui. Les hommes, derrière Clito, ont l'air réels
aussi. Jamais on ne penserait qu'ils sont découpés.

— Et cette une de magazine, avec ses sœurs,
ligotées dans le fossé, et elle qui les asperge
d'essence, c'est plus vrai que vrai ! On aurait peut-
être dû les emporter. Si Clitorine tombe dessus, on
n'a pas fini de l'entendre.

— Tu penses ! Je les ai bien cachées. Elle n'est
pas près de mettre la main dessus. Toute sa vie,
elle croira que cet homme-là est parti pour une
autre, mais ne saura pas que c'est nous qui la lui
avons trouvée ! Tout est archivé avec la médaille
de Quétel et le service d'argenterie d'Endémence.

— Perdus !

— Idiot ! Faut bien qu'ils payent pour tout ce
qu'on leur a donné.

— D'ailleurs, je ne sais plus si j'ai pensé à te le
dire. La dernière fois qu'Apôtre est venu, pendant
qu'il guidait, comme une malvoyante, sa muette
vers les toilettes, j'ai pris son portefeuille. Je me
suis dit qu'on pourrait en faire quelque chose.

— Il ne devait pas être bien plein.

— Qu'est-ce qu'ils fichent à la fin ? Il va bientôt
faire nuit, on devrait remonter. S'ils viennent, on
nous fera chercher.

— Ça fait quand même deux mois qu'on paye.
Bientôt tout l'automne en plus de l'été.

— Regarde, il commence à neiger !

— Ils viendront sûrement demain. Viens, on va rentrer.

— Finalement, je ne sais pas pourquoi on les attend chaque soir, on est très bien ici, tous les deux, comme avant…

— On n'aurait jamais dû avoir d'enfants. Même loin d'eux, tranquilles, on y pense.

— On n'y peut rien, on est de bons parents, on se retourne, on fait le bilan, on ne peut pas laisser derrière nous Quétel, Apôtre, Clitorine et Endémence.

— Et pourtant si, ils vont sûrement nous survivre.

— C'est dégoûtant.

Table

Claire Castillon
dans Le Livre de Poche

Le Grenier   n° 15365

La narratrice est une jeune femme amoureuse. L'homme,
Simon, est marié. Ses absences, ses mensonges, le foyer
conjugal où il retourne, tout cela la déstabilise. Il est
heureux, elle ne l'est pas. C'est dans un souvenir
d'enfance qu'elle a retrouvé l'image du grenier. Elle se
perçoit comme un grenier. Son corps lui sert à entasser
de la mémoire, des êtres imaginaires. La semence de son
amant. Et puis ce qu'elle mange, dans une boulimie qui
lui fait avaler jusqu'aux lettres de Simon, voire son
permis de conduire, « avec la photo et l'agrafe ». Une
écriture vibrante, un style rapide, des mots tour à tour
crus et doux : ce premier roman plein de colère nous
offre le portrait d'une femme qui puise au fond d'elle-
même les forces dont elle a besoin pour guérir ses bles-
sures et apprendre à composer avec la réalité.

Insecte   n° 30757

Ma fille est ma meilleure amie ; mon père n'est pas
méchant, maman ; arrange-toi, tu es déguisée ; ma mère
est bête ; ma fille est idiote ; j'aime encore mieux que
mon mari me trompe avec notre fille ; ma fille est née

dans une rose mais périra dans le chou ; ma mère a un cancer, elle m'énerve ; ma mère se laissait tellement aller qu'elle est morte. Quand les tête-à-tête entre mères et filles deviennent autant de raisons de vivre ou de mourir.

Je prends racine   n° 15448

« Je voudrais un homme avec deux jambes, capable de faire les pas que je n'ai plus envie de faire, un homme à mes côtés, tous les 28 du monde […] Je voudrais un homme talentueux pour m'expliquer où est le beau. Un homme qui me fasse des enfants puis me défende s'ils deviennent vils […] Je voudrais qu'il m'épouse encore, chaque 28, et infiniment répète le oui dans toutes les langues. Qu'à soixante ans l'on se rende compte qu'on a oublié l'essentiel, peut-être nos consentements en Chine, et qu'à pied, jusqu'à la Muraille, on parte les récupérer. » Avec naïveté et lucidité, tendresse et exigence, Cécile Valette raconte son quotidien étriqué de jeune vieille fille enlisée dans une vie où elle n'ose prendre le risque d'avancer. Dans ce roman pathétique et drôle, on retrouve le style si particulier de Claire Castillon, intense, poétique, plein de folie et de fureur douce.

Pourquoi tu m'aimes pas ?   n° 30331

« Quand je regarde mon père, cette chair molle livrée aux loups, ma gorge se noue. Il traîne dans le marché couvert. Il va attendre la nuit pour rentrer. C'est toujours cette lassitude à l'idée de devoir ouvrir la bouche, dire bonsoir, ce mal dans la peau, mal à ses membres lourds, ce sommeil aux aguets, prêt à l'abattre en plein vol. » Il a dix ans. Il redoute que survienne un drame entre ses parents. Jusqu'au jour où, las de leurs gesticulations, il accomplit en toute innocence un acte libérateur. Voilà comment on devient un méchant garçon, bien dans sa peau, de loin supérieur aux siens dans l'art de faire mal. Voilà comment on poursuit sa course jusqu'à devenir l'homme qu'on va devoir être.

La Reine Claude   n° 30081

« C'est l'histoire de ma vie qui a croisé la tienne, c'est l'histoire de nos nerfs en crise, de deux malades qui n'ont que l'amour pour moteur, la rage de rester haut. C'est l'histoire de deux têtes capables de se saborder pour que l'autre ne meure pas. C'est l'histoire du sillon creusé depuis cette rencontre-là, le long duquel poussent les fées et les fleurs. C'est l'histoire d'un prunier à déraciner parce qu'il s'est fichu au milieu, et les fleurs n'ont plus d'eau. Il faut l'abattre, en faire du bois, le bois de notre croix et celui de nos feux. Tu ne mourras pas. Je t'aime. » C. C.

Vous parler d'elle   n° 30523

Quel est ce bruit qui la terrifie ? D'où viennent ces visions qui la hantent, et cette peur enfantine et diabolique à la fois ? Depuis combien de temps est-elle cachée là, suspendue sous les poutres du toit de sa maison d'enfance ? Et si c'était elle, l'oiseau de malheur ? Au bout de ses doigts, les os poussent et s'aiguisent, sa langue se transforme en crochet, ses dents sont aussi acérées que des couteaux. Qui est l'ennemi ? Elle revoit sa vie, mais que valent ses souvenirs ? Elle est la fille chérie d'un père chéri, fille trop aimante qui veut partager sa couche. Adolescente, elle va de motel en motel pour s'offrir aux soudards. Elle est cernée par des chasseurs à l'odeur de viande fraîche. Plus tard, elle devient la proie consentante d'un amant cruel et inflexible. Elle piétine leur amour autant qu'elle le protège. Elle enfante mais aucun nourrisson ne survit à sa haine des hommes. Dans sa détresse, elle n'a plus d'âge, plus d'identité. A-t-elle jamais existé ? Désordre de la mémoire, mensonges et vérités, enfance en loques et amours saccagées, Claire Castillon nous entraîne dans un labyrinthe à couper le souffle.

 **www.livredepoche.com**

- le **catalogue** en ligne et les dernières parutions
- des **suggestions de lecture** par des libraires
- une **actualité éditoriale permanente** : interviews d'auteurs, extraits audio et vidéo, dépêches…
- **votre carnet de lecture** personnalisable
- des **espaces professionnels** dédiés aux journalistes, aux enseignants et aux documentalistes

Composition réalisée par PCA

Achevé d'imprimer en novembre 2008, en France sur Presse Offset par
Maury-Imprimeur - 45330 Malesherbes
N° d'imprimeur : 141770
Dépôt légal 1ʳᵉ publication : septembre 2008
Édition 02 - novembre 2008
LIBRAIRIE GÉNÉRALE FRANÇAISE - 31, rue de Fleurus - 75278 Paris Cedex 06